TER SAUDADE ERA BOM

MOEMA VILELA

TER SAUDADE ERA BOM

CONTOS

PORTO ALEGRE — SÃO PAULO
2014

Copyright © 2014 Moema Vilela

Capa, diagramação e projeto gráfico
Buennas Design - Paula Bueno e Mariana Mosena Razuk

Finalização da capa
Humberto Nunes

Preparação
Julia Dantas

Revisão
Luciene Tanno

Foto da autora
Dida Moraes

Dados Internacionais de Catalogação na Publicação (CIP)

V699t   Vilela, Moema
        Ter saudade era bom / Moema Vilela. — Porto Alegre : Dublinense, 2014.
        160 p. ; 21 cm.

        ISBN: 978-85-8318-042-5

        1. Literatura Brasileira. 2. Contos Brasileiros. I. Título.

                                    CDD 869.9341

Catalogação na fonte: Ginamara de Oliveira Lima (CRB 10/1204)

Todos os direitos desta edição
reservados à Editora Dublinense Ltda.

Editorial
Av. Augusto Meyer, 163 sala 605
Auxiliadora — Porto Alegre — RS
contato@dublinense.com.br

Comercial
Rua Teodoro Sampaio, 1020 sala 1504
Pinheiros — São Paulo — SP
comercial@dublinense.com.br

EMPATIA ESPELHADA

vinicius vallejo está online 8
Fotografias 12
Medo, saxofone, palavras, perigo 26
Ainda é cedo, amor 36
Com carinho e sinceridade,
muitos beijos e beijinhos 48
A largura da coleira 58
A invasão 70
Cinquenta centavos 78
Quando você volta? 88

A reconstrução 102

DERRAMADO

Água 114

CONVOLUÇÕES

Bijuzinha 126
Os desaparecidos de Zhelaniea 130
Evoluções 136
Jabuticabas pretas e más 142
A distância entre dois passos 148

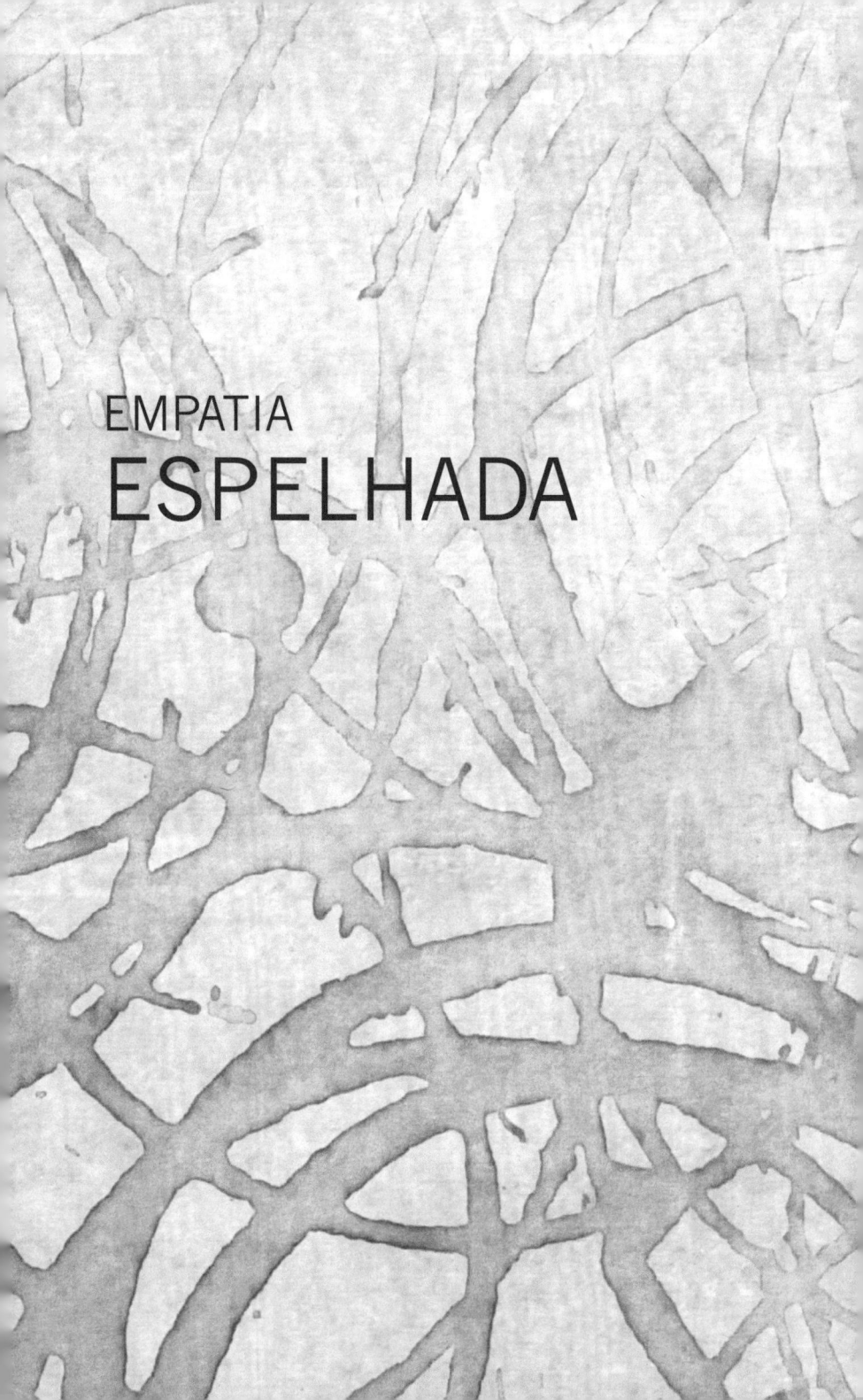

vinicius vallejo está online

vinicius vallejo está online.
joane pensa se fala com vinicius vallejo ou se continua brincando sozinha.
ela chegou em casa e abriu o e-mail no instante em que ele apareceu, verde-bandeira, entre uma vanessa e um vítor, e ela gosta de pensar que o universo os colocou neste mesmo espaço e tempo para se falarem pontualmente agora.
mas o que eles falariam?
se ela falasse com vinicius vallejo, gostaria de furar a cortiça das palavras.
falar como ela fala com ela mesma dentro da sua cabeça, sem fazer barulhos.
e ele responderia de dentro da cabeça dele, sem fazer barulhos.
em vez de falar "ei, como foi o fim de semana?"
"ah, hoje foi meio chocho, mas ontem foi um estrago"
e não só dizer o que ela fez ou sentiu, mas contar mesmo as coisas que ninguém conta, a realidade que resiste à conversa fácil, a realidade que se revela quando tudo que é dito sobre a vida parece pior que a vida mesma.

como quando você encontra sua rival da pré-escola ou o ex-noivo, ele mandou um ppt te dando o fora uma semana depois de você ter escolhido o sapato, plataforma recortada, forrado, salto de onze centímetros, e agora vocês estão na seção de frios segurando um pote de iogurte de um litro e falam sobre seus trabalhos atuais e qualquer coisa que você disser vai deixar muito claro o quanto sua vida é uma piada.

"acabamos de abrir uma nova agência em petrópolis, nossa, fiquei muito feliz".

e claro que sua vida não é uma piada, mas como vocês iam saber disso nestas condições?

você precisaria inventar novas formas de expressar aquela fagulha que faz de você o melhor você do mundo, este é o preço a se pagar por viver num lugar muito antigo com um número limitado de palavras usadas de maneiras muito diferentes: "eu te amo", "sinto muito", "meus pais se davam muito bem".

seria um pouco estranho que o universo tivesse planos para que ela falasse com vinicius vallejo no chat do gmail na madrugada do sábado, a não ser que ele estivesse desenhando homens afogados ou prestes a se enforcar, e ela pudesse dizer "não! a vida é importante!", ou se eles saíssem, bebessem, subissem um em cima do outro e depois acabassem se casando e formando uma família.

mas eles moram em cidades diferentes, e o que dizer de suicidas desesperadamente buscando a salvação nos chats?

talvez eles não façam falta para o universo.

mas se a gente for muito crítico sobre o que realmente faz falta, sangue rolaria para todos os lados.

no mundo da sua mente, joane vaga aos estímulos de um único corpo, o seu, e isso é um grande apelo para continuar sozinha.

ao mesmo tempo, há uma falta primitiva, sem idade, que as outras pessoas conseguem tocar, talvez porque também tenham essa falta primitiva, sem idade, e essas faltas se conectem como um ímã ou como gotas de água na vidraça, descendo abraçadas e em carreira o precipício.

mas vinicius vallejo não está mais online.

não está mais online e nem faz diferença.

Fotografias

Debaixo da terra, muito longe de casa, junto com dois chilenos e o meu vizinho chinês numa pequena mina de ouro e cobre no Atacama, eu me dei conta de que ainda não sabia o primeiro nome do senhor Leung. No passado, muitas vezes minha mulher tinha falado para convidarmos o senhor Leung ao almoço de Ação de Graças. Eu dizia que ele era sinistro. Vivia só. Falava baixo. Depois, teríamos que retribuir o convite indo jantar na casa dele, e ele nos serviria sopa de cachorro. Era preconceituoso, mas eu falava de bobeira, igual dizia para levarmos até a despensa as garrafas de vinho do fim de semana, para que a diarista protestante não as encontrasse na segunda-feira. Eu nem sabia se os protestantes gostavam ou não de bebida. Era uma dessas coisas que você fala para sua mulher porque tem liberdade, para exercer o direito à ignorância, à leveza, a ser humano, mesmo que na verdade o senhor Leung parecesse mesmo um respeitável homem solitário, que envelhecia excepcionalmente bem, há duas décadas, no apartamento em frente ao nosso. Dizíamos bom dia, boa tarde e boa noite, e às vezes oi e tchau, e eu não conseguia me lembrar de nada diferente disso. Nem Feliz Natal nem Bom domingo. Bom dia, boa tarde, boa noite, oi e tchau.

Com os anos, uma ligeira cifose o fazia parecer ainda mais tímido do que quando nós compramos o imóvel, mas fora isso o senhor Leung estava, em muitos aspectos, muito mais conservado até do que meu filho de trinta anos. Sobre esse assunto, eu poderia fazer alguma piadinha a respeito do conhecido efeito Chet Baker, o passar dos dias tresloucados no rosto de jovens bonitos, só para exercer o direito mais saboroso ainda de fazer meu veneno recair sobre um filho inútil, mal-agradecido a tudo que nós ensinamos, eu e a mãe dele, mas a verdade é que eu e a mãe dele nos separamos e depois disso eu não tinha ninguém para exercer muitos direitos inalienáveis do dia a dia.

Eu só vou pensar em falar com o senhor Leung depois de receber a segunda carta da minha ex-mulher. No fundo, não sei se é da minha ex-mulher, porque não há nome no remetente. Não consigo acreditar que a pessoa com quem fui casado por anos tenha sido capaz de enviar aquele material, mas nenhuma outra opção faz sentido. Na primeira vez, penso em marcar uma consulta com um psicólogo, para que ele me ajude a entender por que uma pessoa faria o que minha ex-mulher fez. Penso em oferecer muito dinheiro a uma antiga terapeuta dela, em pingar água com limão nos olhos antes de sair de casa para chegar lá como se tivesse chorado. Penso todas as coisas contraproducentes e inviáveis que consigo pensar, mas ainda não passa pela minha cabeça falar com o senhor Leung. Digo a mim mesmo que aquela estratégia dela não vai me tirar a sanidade. A louca é ela, não eu. O melhor para mim é ficar longe. Eu tinha sido atirado inúmeras vezes a essa conclusão difícil, até me decidir afinal pelo divórcio. Decido guardar a correspondência no fundo de uma gaveta, para me esquecer dela aos poucos. Ligo para minha filha três vezes em dois dias, talvez porque minha filha seja o grande elo entre eu e a mãe, e estar perto dela me faça sentir que estou dando atenção à questão. Ou talvez eu queira me assegurar de que está tudo bem, que tudo continua igual, porque o que a Nola fez me dá um temor difuso. Sinto que ela é capaz de causar perturbações inesperadas, que poderiam atingir de repente tudo que me é caro, e eu queria saber que tudo continuava igual para a minha filha, com quem eu me importava, sem nenhuma culpa, muito mais do que com meu filho.

Minha filha pergunta se eu quero que ela venha me visitar, eu digo que não, depois ela insiste para que eu vá jantar com eles se estiver me sentindo só, e eu vou, mas não digo nada. Não tenho o que dizer. Vou dizer que a mãe dela me mandou uma fotografia em que está sentada no centro de um sofá vestindo apenas uma blusa e com as pernas abertas num plano ginecológico, sem depilar os pelos, com a expressão estupidificante e artificial da pornografia de banca de revista?

Com o tempo, repouso na conclusão de que minha ex-mulher deseja voltar, mais do que eu imaginava. Está muito perturbada com o divórcio e provavelmente morreria de vergonha de me encontrar depois de ter tido aquele atitude impulsiva, inacreditável, talvez até estimulada pelo efeito adverso de um novo remédio para depressão. Depois que decido isso, não estou mais preocupado com o que a Nola pode fazer. Nem penso mais no assunto quando ligo para minha filha.

A segunda fotografia reavive com força todas as possibilidades que eu tinha descartado como neuróticas, como a ideia de que outra pessoa teria tirado a foto, embora qualquer adulto capaz possa regular uma câmera para disparar alguns segundos depois de ser colocada numa mesa ou num parapeito de janela, para que a proprietária corra farfalhando até o sofá antes do clique.

Na segunda fotografia, minha ex-mulher não está de blusa. E nem sentada. E nem com uma expressão artificial, que antes me fazia sentir um remorso filho da puta daquela tentativa degradante de me causar algum tipo de emoção. Eu não sinto nenhum tipo de pena ao puxar essa segunda fotografia do envelope. É por causa dela que vou falar com o senhor Leung. Estou tão perturbado que não durmo há trinta e duas horas. Talvez minha aparência tenha despertado a compaixão do senhor Leung, e ele aceita meu convite para almoçar, no mesmo dia, numa cantina italiana duas quadras distante do prédio. Depois de trocarmos amenidades, digo que estou começando a me interessar por fotografia, quero dicas. Ele parece decepcionado. Conta que trabalha numa joalheria. Parou de fotografar há muito tempo, ele diz, educadamente. Nem imaginava que eu guardasse dele essa imagem, que descubro, vasculhando a memória, ser fruto de um comentário da minha ex-mulher depois de uma reunião de condomínio (ela ia, eu não) e de duas ocasiões em que avistei o senhor Leung em dois laboratórios de revelação diferentes, perto do bairro. Isso tinha sido há uns quinze anos, alguns anos depois que ele chegou a Los Angeles. Quinze anos pensando no senhor Leung como "o chinês fotógrafo do 502". Mesmo assim, investigo o senhor Leung sobre o objeto do meu interesse, a possibilidade de descobrir onde as fotos foram reveladas, ou impressas, não entendo nada de fotografia, e mesmo que o senhor Leung não seja muito fotógrafo, ele é a pessoa mais fotógrafa que eu conheço. Sem contar que ele usa os cabelos cheios e um pouco grisalhos e um casaco de couro preto, o tradicional figurino da profissão imaginária. Por uma confusão, provavelmente minha, fico com a impressão de que o senhor Leung vai investigar para mim essa possibilidade e combino um segundo almoço. Peço, dessa vez, tortelloni de tomate seco. O senhor Leung pede ravióli de vitela. Nós provamos do prato um do outro, mas o senhor Leung realmente não faz ideia de se as fotos hoje em dia podem ser rastreadas de algum modo. Eu estou obcecado não só por saber de que laboratório minha ex-mulher retirou aquela foto, mas em descobrir quem é o cara que estava com ela. Em que ajudaria encontrar o laboratório eu não sei, mas eu não sabia nem onde minha ex-mulher morava. Não podia perguntar para minha filha, que certamente passaria a informação para frente, e isso me deixava sem uma opção de ação que não envolvesse eu admitir que ligava para aquela foto de merda. Depois de um longo silêncio de talheres, o senhor Leung pediu um descafeinado e eu pedi um cheesecake de ricota, com a expectativa de que, comendo muito, tivesse sono depois.

Na primeira fotografia, questionei a mim mesmo por me apegar a um detalhe que julguei sórdido, o detalhe dos pelos, pelos tão grandes e cheios que parecia até que minha ex-mulher tinha comprado aqueles pelos só para poder me chocar e me obrigar a sentir, ao mesmo tempo, desejo e repulsa. Para que eu não pudesse simplesmente desejá-la, mas fosse obrigado a responder àqueles pelos. Eu respondi muito mal àqueles pelos. Agora, tinha que lidar com um cara negro. Eu queria matar a minha ex-mulher.

O almoço com o senhor Leung, apesar de ele não entender nada de rastreamento de fotografias, me ajudou a parar de pensar nessa imagem por duas horas. Em casa, sozinho, eu não tinha com o que me distrair nesses horários perigosos em que se volta do trabalho. Nós começamos a almoçar toda terça-feira. Eu gostava dele porque, entre outras coisas, ele não tinha me perguntado por que nunca mais vira minha ex-mulher, nem se podia levar para casa ou dar cabo de algum dos móveis e cacarecos que eu tinha amontoado junto da parede no meu boxe de estacionamento. O senhor Leung era discreto, agradável e gostava de pescaria. Nós fomos juntos até Santa Monica uma vez. Essa amizade ligeira durou mais de um mês e me ajudou no processo de digerir a vagabundagem da minha ex-mulher. Achei que não tinha mais capacidade de fazer amigos. Amigos são importantes. Acabo combinando com Leung uma viagem. Depois do "nosso encontro", como ele diz, Leung me agradece por tê-lo reconciliado no interesse pela fotografia, interrompido por situações difíceis vividas na juventude. Circunstâncias que o fizeram até deixar o país natal e se enfiar, desde 1979, nos Estados Unidos, para não mais voltar. Só voltou uma vez, para ver a mãe. O que era?, eu pergunto. Problema com mulheres? Família? Não, a política, disse Leung, sem querer explicar muito. Preferia falar do presente. Ainda mais que tinha deixado a fotografia, que ele amava, entrar na vida de novo. No restaurante, junto aos nossos chaveiros, carteiras e celulares, repousa agora um case cheio de compartimentos com as lentes e os flashes de uma câmera profissional.

— Fotografou o que essa semana? — eu pergunto ao sentar, para ouvir a invariável resposta.

— Tudo.

Leung começa a me mostrar, no visor da máquina mesmo, fotos de crítica social, uma faceta dele que eu nunca teria adivinhado, e nós passamos a comentar as iniquidades do governo durante os almoços de terça-feira. Meu novo amigo faz uma exposição coletiva e é convidado para fazer uma sequência de fotos de trabalhadores no norte do Chile. Eu vou junto porque não tenho o que fazer e não quero ficar em casa nas férias. Nós decidimos que, depois que ele retratar rostos de ceramistas indígenas velhas, mineiros cansados e crianças empregadas nos vinhedos, nós seguiremos para o deserto do Atacama, como dois velhos solteirões, Jack Nicholson e o Samuel L. Jackson, aprendendo a curtir a vida adoidado depois dos cinquenta.

No dia da partida, recebo outra correspondência sem remetente, no mesmo envelope pardo de antes. Não quero abrir, e nem mesmo viajar depois disso, mas Leung me espera, eu já paguei a passagem e os hotéis e eu acabo enfiando a carta na mochila que levo como bagagem de mão, imaginando todas as imagens lascivas e esdrúxulas e indignas no caminho do aeroporto. Isso, a primeira coisa. A segunda é que, numa pequena mina de cobre e ouro no norte do Chile, no dia 9 de agosto de 2012, após seguir Leung atrás de nove mineiros que ilustrariam a última série de fotografias que precisávamos tirar, um tremor violento nos atacou o corpo e os planos. Fiquei agachado, com as mãos protegendo a cabeça, ouvindo a terra dar um longo grito, até voltar a um silêncio novo e cheio de pó. Um desmoronamento bloqueara a saída da mina. Cinco homens tinham ficado para trás, mas eu, Leung e mais dois, que caminhávamos na frente, estávamos impedidos de sair.

Perguntei se havia uma escada de emergência ou algo assim. Para minha infelicidade, eu entendia um pouco de espanhol. Era por isso que eu tinha entrado ali com Leung, além da curiosidade: para traduzi-lo. Só que nossos companheiros disseram não só que não havia escada alguma, como que aqueles acidentes não eram acidentes. Nem eram raros. Há dois anos, inclusive, um soterramento na mesma cidade tinha se tornado absolutamente famoso. Eu não tinha visto na televisão? A rede criadora do Big Brother até tinha proposto a criação de um reality show para transmitir o cotidiano dos operários confinados, já que o resgate não demoraria menos de quatro meses.

Saber que aquilo não era fortuito me deixou mais enlouquecido do que a falta de escada. Como sempre, são os detalhes que nos pegam. Eles estavam dizendo que uma mesma coisa tinha acontecido há dois anos. Era isso que eles estavam dizendo.

— Uma mesma coisa aconteceu há dois anos e ninguém fez nada para impedir que acontecesse de novo?! — eu comecei a gritar que aquilo era complete nonsense, they cannot escape responsibility, bunch of savages in this town, até que um dos caras veio para cima de mim e segurou os meus braços, disse em voz bem baixa alguma coisa que eu entendi como que daquele jeito eu ia piorar as coisas, e entendi também, muito rápido, que piorar as coisas significava um novo e fatal desabamento, em cima da gente. Deitei-me ao chão, morto de medo, sem querer nem escorar as costas para não ofender as pedras, encerrado no meu medo ensurdecedor até voltar a ouvi-los conversando, masoquistas, daquela situação precedente, em que homens como nós ficaram famosos por falarem com jornalistas e familiares mesmo debaixo da terra. Gravaram vídeos, foram alimentados por sondas, receberam até videogames do governo do Chile para não ficarem entediados. Tudo isso porque levaria muito tempo para serem retirados da mina. A perfuradora tinha que abrir o solo bem devagar para não provocar novos desabamentos, até que um túnel de tamanho razoável permitisse a passagem segura dos operários. E o que eles comiam enquanto isso? Primeiro, água, duas colheres de atum enlatado, um gole de leite e meio biscoito a cada quarenta e oito horas. Depois, soro e rações de proteína, como as dos astronautas, que começaram a ser enviados por este tubo de comunicação que a equipe de resgate conseguiu encontrar, de dezesseis centímetros de diâmetro. Era o único meio de comunicação da mina com o exterior, e por meio dele começaram a passar, aos bocadinhos, toda a materialidade da loucura humana. Alimentos para o corpo e para a mente. Cartas das amantes. Notícias do mundo real. Vídeos de jogos de futebol com Pelé e Maradona, uma seleção dos melhores lances. Comidas, mas não quaisquer, só de alguns tipos. Era preciso evitar pneumonia, diarreia, atrofia muscular, trombose. A poeira também era perigosa, deixava doente. Muita poeira não permitia respirar, nem se mexer. Sem contar as bactérias, naquela umidade toda, e as fezes, em um espaço apertado e tão fácil de contaminar. Sem contar os efeitos psicológicos, todo mundo ali sem saber o que era noite e o que era dia.

Eu queria crer que eles estavam falando isso pelo mesmo motivo que crianças fragilizadas contam causos de terror para as mais novas, mas uma coisa que eu sabia é que, em histórias assim, a parte mais improvável era sempre a que tinha mais chance de ser verdadeira. Só a verdade sabe ser improvável. Aquilo tinha todo o jeito de ser exatamente como tinha acontecido. Sem levantar o rosto, pergunto em inglês quanto tempo esses caras demoraram para serem resgatados.

— Dois meses — um deles disse.
— Mais — o outro corrigiu.
— Mais — concordou o primeiro.

Com um tempo de assimilação, pergunto se a parte do reality show do período de confinamento é verdade. Se eles têm certeza, se não é boato. Este é o detalhe da vez, o que me deixa enfurecido com a raça humana. Eles respondem:

— É verdade. Seria exibido em horário nobre. E a população votaria em que deveria ser resgatado primeiro.

Se eu escapasse, essa seria uma história para fazer dormir os meus netos. Calar os concorrentes da atenção das jovens amigas de minha filha, nos aniversários das crianças. Só não poderia contar que, no terceiro dia, logo depois de um novo desmoronamento em que tenho certeza de que vou morrer pela segunda vez, eu me lembro da fotografia dentro da minha mochila. Pego o envelope e fico com ele na mão um longo tempo, atrasando o saboroso momento em que o abrirei. Em que sentirei uma coisa diferente do que estava sentindo a cada segundo naquele inferno úmido de pó, frio e calor. Minhas calças estavam pregando nas pernas, meus braços estavam cobertos de sujeira e por isso eu não queria limpar minha testa e meus cabelos com as mãos, porque eles ficavam mais sujos. A mina estava escorrendo para dentro de mim. Por isso, não sei quanto tempo fico com o envelope suado entre os dedos, até Leung me perguntar o que é. Eu sorrio mais. Digo que é um presente. Pergunto se ele tem um segredo para contar também e me ofereço para ouvir primeiro.

Leung tem. É um segredo que, aliás, explica uma situação que vivemos, da qual eu nem me lembrava mais, mas a que ele parece ter dado muita atenção.

Numa tarde, logo no começo da nossa amizade, na volta do restaurante, eu parei na vitrine de uma loja de antiguidades. Apontei para ele uma Yashica 6x6 TLR, um modelo tipo Rolleiflex, câmera caixão, com visor na parte de cima. Leung fez uma cara de desgosto e não fez mais comentários até o tchau de despedida, no corredor do quinto andar. Eu vi que ele ficara calado, mas não tinha percebido que, além disso, ele estava, como diz agora, com lágrimas nos olhos. Na verdade, eu interpretara o silêncio de Leung como uma má opinião sobre a capacidade daquela câmera velha, que só um desentendido como eu poderia apreciar. Não era isso. Leung, quando jovem, tinha passado num concurso da Polícia Civil lá no país dele, e tinha sido uma câmera dessas, exatamente uma câmera dessas, que colocaram em seu colo numa tarde de chumbo em outubro de 1975, porque ele fora aprovado para o cargo de fotógrafo no Instituto de Criminalística. Leung sabia que trabalhar com crime não era fácil, mas não tinha imaginado o quanto, naquela época, seria menos fácil ainda.

Ele tinha vinte e dois anos. Depois de fazer uma boa prova teórica, telefonaram para a casa da mãe de Leung, avisando que o buscariam para uma aula prática. No carro, não disseram para onde iam nem o que era para fotografar. A partir daí, Leung já desconfiou que seria, como se diz no jargão, um "encontro de cadáver". Um caso de homicídio. Mesmo assim, não entendia porque a viagem parecia tão sigilosa. Eram tempos difíceis, ele diz. Como fica em silêncio, respondo que, mesmo em tempos fáceis, a polícia mete medo. Ali embaixo nós perdemos a noção do tempo, mas ainda assim parece que demora bastante tempo, talvez quase metade de um dia, até Leung me contar que ele e a Yashica foram levados para o prédio de uma espécie de departamento de polícia da cidade, cerrado por um alto portão de ferro. Lá dentro, percorreram um corredor escuro, e outro corredor, outros corredores até a porta de uma cela que um policial abriu, para revelar o corpo sem vida de um homem magro, com o pescoço amarrado à grade da janela por uma tira de pano. Era para registrar o suicídio, ocorrido entre as dezesseis e as dezoito horas daquele mesmo dia. O jovem Leung deu um passo para dentro da sala, o policial colocou a mão no peito dele.

— Da porta mesmo.

Clique, clique, clique, depois lhe tiraram a câmera, negativos, tudo. Ele tinha feito a parte dele. Disseram para não comentar nada, com ninguém.

— E o que houve depois? — eu pergunto.

Leung diz que às vezes pensa que tinha prestado um papel funesto, às vezes acha até que pode ter contribuído, de forma indireta, para as coisas mudarem para melhor no país.

A questão toda estava na imagem do homem magro. Um pouco calvo. À direita dele, uma cadeira. A fotografia tinha sido cortada para não deixar ver que, em cima das primeiras grades, havia outras grades, que poderiam ajudar um homem em busca da morte, mas não era nelas que esse homem estava amarrado. Não tinha sido suicídio. Esse era o ponto. Tanto que o morto, judeu, tinha sido enterrado depois. O rabino tinha sido corajoso, que bom que há homens corajosos, Leung diz. Era a primeira foto que fazia no novo emprego, e ele já sabia que não poderia fazer nenhuma outra.

— E agora o seu segredo — ele se vira para mim e aponta com o queixo para meu envelope suado.

Eu rasgo o envelope e vejo, junto com Leung, a terceira fotografia enviada pela minha ex-mulher. Eu e ele ficamos olhando para aquela foto sem falar nada, e eu ainda estou com ela na mão quando, dois dias depois do acidente, o resgate finalmente chega até nós.

No jornal da cidade, respondo que muitas coisas passam pela cabeça de um homem quando ele acha que vai morrer. As decisões ficam simples. Falo que me reconciliei com meu filho, resolvi ensinar minha língua materna para minha neta e que decidi doar um terço do meu patrimônio líquido para a abertura de um centro de reabilitação para jovens usuários de drogas, que vou coordenar junto com os pais dos amigos do meu filho. Falo tudo isso, mas não que eu ia voltar com a minha ex-mulher. Claro que eu ia voltar com a minha ex-mulher. Pedi para minha filha mandar o recado. Nós nos encontramos aqui na cozinha de casa mesmo para um café, Nola voltou para o apartamento dois meses depois.

No elevador, eu e o senhor Leung olhamos para nossos sapatos. Não gosto de encontrá-lo e imagino que a recíproca seja verdadeira. Minha mulher, muito simpática e cheia de energia, perguntava para o senhor Leung do canário, se ele tinha observado a rosa amarela que desabrochara no pátio, o que ele achava da padaria charmosa que abrira na esquina. Eu pedi para minha mulher não falar mais com o senhor Leung. Ela me perguntou o porquê e eu fui canalha o suficiente para insinuar que o senhor Leung tinha segredos obscuros do passado. Ele tinha me contado um dia, eu disse, em vez de admitir que o fato de ter mostrado a fotografia para o senhor Leung me fazia sentir ao mesmo tempo um fraco por ter aceitado Nola de volta e um degradado por desejar estar casado com uma mulher como ela. Aquilo me fazia lembrar do meu divórcio, da minha quase-morte, dos dias de confinamento na mina, jogava uma sombra sobre a sanidade e a moralidade da minha mulher, sobre a possibilidade de existirem casamentos decentes, em suma, só olhar para meus sapatos do lado do senhor Leung já era um suplício que me fazia, às vezes, pensar em mudar de apartamento.

— Mas o que ele fez, você não vai me contar? Fala, Robert. Por favor, ele é meu vizinho, eu o vejo todos os dias, parece um homem tão correto.

Depois eu admiti que estava exagerando, que era pessoal mesmo, o problema era comigo e não com o senhor Leung, eu só não queria mais relações com ele nem com ninguém do prédio, uma gente bisbilhoteira que tanto tinha perguntado da nossa separação, e ficou meio que um assunto resolvido lá em casa. A gente nunca mais falou sobre convidar vizinho algum para a Ação de Graças. Uma vez, numa noite em que minha mulher já tinha tomado as pílulas para dormir, procurei na internet o nome que o senhor Leung tinha me falado que se eu procurasse no Google Images veria a exata foto que ele tinha me descrito, a imagem que acabara com a juventude dele, a gota d'água do abuso em um regime de violência, a fotografia em preto e branco de um homem pendurado na grade de uma janela baixa demais para poder enforcá-lo, com os joelhos lambendo o chão. Tinha 2.050.000 visualizações, e eu supus que era famosa mesmo, mas eu não entendia português, não tinha como entender a história. Alcancei o frasco de sonífero da minha mulher, engoli a minha pílula e decidi, mais uma vez, que precisava deixar de ficar tão abalado quando dava o azar de abrir a porta de casa ao mesmo tempo em que o senhor Leung abria a dele. Passado é passado.

Medo, saxofone, palavras, perigo

O medo do professor de matemática irrompia cafona, quase patológico, em algumas noites, para ser esquecido durante os dias. Ele pensava meu Deus e acendia a luz e olhava em direção à janela e era aquilo, só uma janela. Daí ele despertava para a consciência do mal e acendia a luz e olhava em torno, olhava o teto. Quando a última namorada cochilava assistindo à televisão, ele se sentia menos tolhido a ligar a luz. Acendia sem parar. Olhava para os pés e apagava. Depois para a cabeceira, e apagava. Para o corredor. Até ele descansar com a cara enfiada no travesseiro por um tempo, com a luz acesa, e meter a mão no interruptor de vez.

Numa madrugada, de novo solteiro, vestiu uma calça por cima do short do pijama e saiu de carro. A cidade estava vazia. Escolheu as ruas sem farol, depois as vias mais largas, a Avenida Mato Grosso e a Avenida Afonso Pena, abriu as janelas para sentir o cheiro de mato do Parque dos Poderes e fez o retorno para contornar também o Parque do Sóter. Reconheceu, já bem longe na Mata do Jacinto, uma sorveteria antiga, de esquina, que ainda mantinha o mesmo letreiro em letras marrons: Jorino. Procurou outra referência da região de que pudesse se lembrar e acabou primeiro em uma rua sem saída, depois em uma pracinha escura. Dois olhos de coruja faiscavam em cima de um balanço infantil. Ele tinha ido longe, não reconhecia mais nada.

Fez o retorno para pegar a estrada de volta, quando viu um carro ilegalmente devagar, à frente. Não era outro vadio motorizado como ele, nem um moleque drogado sem habilitação. Era uma mulher, vestida para sair, chorando com os braços sobre o volante, e ele desistiu de ultrapassar. Ela parecia agradavelmente bêbada, mas era apenas uma mulher aborrecida com um pretendente. Limpou a maquiagem dos olhos com o dedo e pediu a ele que a acompanhasse em um bar ali perto.

Foram em dois carros, ele atrás do sedã dela. Ela raspou o pneu no meio-fio em frente a uma portinhola preta, que se abria para uma espécie de cantina de fim de noite, onde senhores com mais de quarenta anos usavam boné com a aba para trás sem chamar atenção. Quando os viu entrar, de uma mesa nos fundos, o pretendente cumprimentou com simpatia e discrição e não olhou mais para os dois. Sentava com ele um Anão do Orçamento (uma boa sacada de sua acompanhante bêbada) e uma dessas meninas da vida, confiantes na providência, que o faziam ficar em dúvida entre desprezar aquela inocência ou talvez elas também tivessem suas riquezas escondidas, algo mais substancioso que uma peça de metal esterilizado na língua e uma boca chula e experiente em gostar e desgostar das coisas.

Ele achou o homem velho, com o rabo de cavalo curto preso atrás da cabeça bronzeada. A mulher pediu um coquetel com leite, fechou o cardápio e começou a acompanhar as imagens de um filme de suspense que passava na tevê. Para ver melhor, o filme ou o cara nos fundos, pediu para que trocassem de lugar, ela e ele.

Ela falou que a mocinha da outra mesa ganhava a vida como bruxa. Tinha poderes paranormais, falava com mortos, adivinhava o que você tinha no porta-luvas, essas coisas. Até aí ele não tinha se impressionado, mas aparentemente ela curara os dois homens da mesa de um câncer terminal. E sabe como?

— Dê uma boa olhada nela — a mulher disse.

A mocinha tinha os cabelos platinados, brilhantes, escorridos pelos dois lados em cima dos ombros nus. Embaixo, não dava para ver, mas, na parte de cima, ela usava um espartilho preto, bem recheado. Mesmo sem maquiagem, tinha as bochechas e os lábios cor-de-rosa. Podia ter pouco mais de dezoito anos, podia ter menos, o professor de matemática não era muito bom em biologia.

— Tá de brincadeira — ele falou.

— Não tô.

A mulher contou que tinha acompanhado o diagnóstico do cara do rabo de cavalo, tinha ido à sessão com ele antes e depois da "consulta" com a moça, ela falou fazendo aspas com os dedos. O médico dissera:

"Não sei o que você fez esse mês, mas continue fazendo".

O professor de matemática ficou com medo da conversa descambar para um besteirol místico ou uma discussão filosófica sobre os alcances da ciência, mas a mulher explicou que não acreditava naquela história. Nem um pouco. Devia ser uma grande coincidência, o efeito combinado de todas as coisas que aqueles infelizes estavam fazendo ao mesmo tempo, desorientados por causa da doença.

Depois de desabafar a história, ela pediu para mudarem de assunto. Ele se viu falando que não conseguia dormir. Como era recorrente a insônia, decidiu suavizar as luzes do quarto, deixou de ler na cama para não associá-la ao trabalho, até parou de ver filmes ou ler livros que podiam assustar, agitar, atrapalhar o sono.

— É, é isso, não durmo à noite — ele repetiu.
Ela dormia bem. E não se perturbava com filmes de múmias animadas, almas penadas famintas de miolos infantis, mas com enredos como o do filme no telão, terrivelmente razoáveis, com uma mãe de três filhos enterrada viva por um desajustado social.

Ele disse não temer ladrões ou sequestradores, mas sim coisas impossíveis, uma besta cuja sombra chegasse pela manhã um ponto depois da sombra costumeira que se traçava no piso todos os dias.

— Qualquer movimento estranho, sem as finalidades óbvias desses filmes, entende?

— Não sei, eu nunca acreditei em lances sobrenaturais — a mulher ponderou, mordendo o canudinho. — Essa coisa da criança não querer apagar a luz para dormir, por exemplo, eu nunca tive, é uma coisa sem sentido. No escuro, qualquer tipo de problema aconteceria do mesmo jeito.

Ele queria ter podido se explicar de forma mais satisfatória para ela. Queria falar do seu medo e de sua coragem com a precisão e a astúcia que a amiga revelara com o reconhecimento de um espécime de Anão do Orçamento. Não conseguindo, preferia não ter tentado. Com um pouco de força demais, ele virou a capa do cardápio na mesa. Em destaque, a promoção de caldo de piranha e caldo de galinha para duas pessoas, quinze reais.

— Quer comer? — ele perguntou.

Em vez de responder, ela apontou para a outra mesa:

— Como eles podem acreditar nisso?

Ele pediu uma batatinha e deixou a conversa morrer nas imagens da televisão. Era a primeira vez que falava do medo com uma pessoa. O medo vinha do nada e ao nada retornava, desde os quatorze anos. Nesses episódios, às vezes lhe surgiam à mente imagens categoricamente apavorantes, mas, como nos sonhos ou nos desenhos de animação, elas se transformavam em outras. Imagens e ideias cujo terror não era evidente, mas que causavam suor, taquicardia, ele achava que ia parar de existir e então ficava sentado em um canto, ficava esperando passar. Já tinha consultado médicos, mas não cabia nos diagnósticos. Não se encaixava em síndrome do pânico, em terror noturno, não se encaixava em tumor cerebral. Um psicólogo sugeriu um trauma de infância, mas nem ele nem os pais se lembravam de nada. Durante os dias, considerava-se um homem até que destemido. Não iria contrariar, por estima a um sapato, o ladrão adolescente e sua faca, mas arriscaria sem pestanejar um queixo quebrado para salvar um idiota em apuros e não sentia vergonha em assumir-se pior músico que o melhor amigo.

Ele e o amigo, a bem dizer o único, tinham se conhecido na faculdade, colegas na turma de Matemática de 99. Descobriram de imediato uma meia dúzia de gostos em comum mais ou menos improváveis, como o interesse por etimologia e por jazz. Apostavam o tempo todo quem conhecia a origem e o significado de mais palavras e, em uma dessas apostas, um teve que acompanhar o outro numa aula de sax. Ia ser divertido, diziam, para não falar que aprender um instrumento ia ajudar a relaxar da matemática e da obsessão lexical, que estavam para a rigidez como John Coltrane para o melífluo. Melífluo: que deita como mel. Derivação (sentido figurado): que impressiona agradavelmente; mélico, harmonioso, doce, mavioso.

O amigo achava irônico que dois sujeitos que passavam horas corrigindo equações e descrevendo os significados das palavras gostassem tanto de improvisar no jazz, criando fraseados malucos que podiam fazer um pássaro perder o senso de direção e se espatifar contra os edifícios. Muitas vezes, os dois voltavam para a casa tarde, boêmios, com a personalidade assim... meio azulada, por baixo de um chapéu de feltro, evitando a irradiação de calor. Neste estado, ele estava até um bocado propenso a tornar público seu mistério sem gravidade, e dizer a seu amigo que irônico mesmo era um cara passar o dia cristalizando os significados nas palavras, e, à noite, cristalizando o nada em medo do desconhecido. Mas ele não era muito afeito à publicidade, e nem o melhor amigo sabia das noites insones. Pelos estranhos meandros da sedução ou o poder libertador da novidade, ele se viu de repente disposto a falar de seu segredo para a mulher que encontrou no carro, cujo nome achou romântico não perguntar. No bar, ela disse mesmo assim: Myra com y.

Myra com y tinha voltado a ver o filme e ele julgou que a noite tinha acabado.

— Essa mocinha, ela adivinha as coisas só de olhar, então? — ele decidiu puxar assunto uma última vez.

Myra olhou para ele com dor, não disse nada.

— O que foi?

— Você está interessado — ela disse, sentida.

— Não! Não, eu só pensei que podia ser divertido... Se ela me falasse algo sobre mim... Eu não acredito nisso, sabe.

Myra pegou um guardanapo e ficou alisando em cima da mesa. Tirou uma esferográfica vermelha da bolsa e começou a desenhar pequenos círculos no papel. Não olhava mais para ele.

— Olha, não estou interessado em nada — ele explicou. — Isso eu posso te garantir. Não tenho nenhum interesse essa noite. Estou, de fato, entediado, estava pensando mesmo em voltar pra casa.

Ela parou de desenhar e ficou olhando fixo para ele, de um modo que o fez lembrar que as entradas suaves que ele tinha na fronte estavam aumentando.

— Bom, isso não foi galante — ela disse.

— Desculpa — ele tentou falar algo mais, gaguejou, desistiu.

Consultou o relógio, quase uma e meia.

— Myra, essa conversa está ficando estranha. Essa noite foi estranha. Amanhã eu dou aula cedo. Nós podemos trocar telefones e combinar uma coisa outro dia, um dia que você estiver menos envolvida com outro assunto.
— Não, espera — ela disse.
Ela pinçou o guardanapo com os dedos e exibiu o resultado do seu trabalho: um botão de rosa, com muitas camadas de pétalas, um cabinho e uma folha, a folha um pouco satisfeita demais consigo mesma no conjunto da flor.
— Estou num dia ruim — ela disse, sorrindo. — Me fala mais sobre o seu medo. Você queria me contar, não queria? Fala mais. Eu vou ouvir agora.
Sem pensar, ele pegou a mão dela sobre a mesa e beijou. Ela se assustou e eles riram. Para ganhar tempo de uma decisão sobre os rumos da noite, ele pediu licença para ir ao bar. Esperando no balcão pelo atendente, assistia à acompanhante decidir o que tinha acontecido com ela e sua paquera anterior. Ela agora olhava sem piedade para aquela mesa, onde seu pretendente pegava a mão da moça da vida. E o professor começava a estar mais para saxofonista que para matemático... tanto tempo sem dormir, tanta coisa pouca... é uma mulher sendo preterida por outra... são os Anões do Orçamento... Excessivo, sonhou dizer: "Meu amor, vamos pegar o carro até a praia. O convite é só para nós dois, no meio do Centro-Oeste".
Enquanto o barman mijava, o matemático-saxofonista esperava, a acompanhante via vesga o pretendente blefar todo o seu charme para essa qualquer. O saxofonista pede socorro a Chet Baker: ele a convidaria ou não, se pudesse? Agora que o barulho do filme tinha acabado, *Just friends* era a escolha para a jukebox de uma senhora de avental, talvez uma funcionária da cozinha, e ficava entre o número 44 (*With or without you*, U2) e o número 42 (*Cry me a river*, Julie London). O começo da noite

não tinha sido promissor, mas ele tinha ido longe demais, tinha bebido um copo de vodca, tinha falado do medo, tinha sido frustrado na aposta e agora queria cobrir o lance perdido com um maior. Mas e se a praia dela coincidisse com uma faixa de areia cercada de água por todos os lados e coqueiros, turismo e pessoas bronzeadas; sua praia incompreendida?

O desejo de dar certo era uma ansiedade para ser abraçada e afastada numa mesma respiração, e, para acompanhar, o saxofonista pediu ao barman mais uma vodca com gelo. De repente, ele sabia no que estava de fato interessado, e não podia fazer concessão com tamanha fortuna.

Com a bebida recendendo nas narinas e no palato, em vez de voltar a Myra, caminha até a mesa do rabo de cavalo. O saxofonista dentro dele sorri todo o seu jazz. O trio o observa sem nada dizer. Ele pede pra sentar. O rabo de cavalo pergunta se ele está saindo com a filha dele. Opa.

— Aquela mulher é a sua filha?
— Se você estiver, boa sorte.

O professor de matemática não queria mais saber. Eram detalhes demais, minúcias e famílias todo mundo tem as suas. A filha com ciúme pela mãe, o pai safado traidor, a filha incestuosa, a mãe batalhadora, a adolescente paranormal. Nada disso. As informações o fariam passar da fantasia e do indefinido para as coerções e os caprichos do humano, para o mal-estar da fraternidade impossível. Sem contar que, há tanto tempo, essas incursões cotidianas no desconhecido eram incapazes de arranhar qualquer coisa de profundo. Ele, como já foi dito, tinha um medo irracional e cafona, quase patológico, que irrompia durante algumas noites. A intensidade da sua imaginação era esquecida durante os dias, para o bem e para o mal, e ele despediu-se da sua mesa, beijou na testa aquela mulher perturbada e agradavelmente bêbada, pegou o carro e voltou entediado para a única coisa que ele não conhecia, seu medo irracional e cafona, quase patológico, que irrompia somente algumas noites, para ser esquecido durante os dias.

Ainda é cedo, amor

I.
Ela estava de pé na cozinha, uma saia desabrochada na tábua de passar roupa. Sem usar nada por baixo.
— Chegou cedo!
Tiffani teve que gritar, pois Carlos já estava no meio do soalho da sala, parado, com um pouco de vergonha. Ele sempre vinha nesse horário, segurando um saco de pão francês ainda embaçado pelo calor. Tiffani que estava sempre fechada no quarto.

O que ele mais gostava ao entrar em casa era deixar o que estivesse carregando, na mesa da cozinha mesmo, o sapato na área de serviço, e passar um café sem acender as luzes — sentindo aquele cheiro e calor enquanto cada resto de sol se extinguia do ambiente. Do quarto vazava uma música de rádio, e Carlos muitas vezes ouviu a fechadura se abrir com um tranco, a música crescia, era a vez da porta do banheiro bater. Ele fazia reparos de marcenaria e fiação na casa dos vizinhos, de noite e nas folgas do serviço, então acontecia de ele sair mais ou menos nessa hora, lavar o rosto no perfume abafado do banho dela.

Mas se ele não tivesse nada de noite, não ia demorar muito para ouvir os saltos de sandália, repercutindo na madeira.
Foi numa hora dessas, faz uns dias.
Ele lhe deu um tapa.
Depois sentiu falta dela pegando biscoito ou água gelada, dizendo eu hein, que coisa de ficar no escuro, dá até depressão, já trabalha o dia todo e chega em casa não vê uma tevê, fica tomando esse café amargo ainda por cima, cruz-credo.
Por isso, apesar de Carlos não concordar com mulher andando pelada em casa, sentiu um alívio de a Tiffani voltar a falar com ele, nem que fosse para dizer uma coisa que não era verdade, que ele tinha chegado cedo.
— Hein, pode ir pra cozinha já, tá me ouvindo — Tiffani se debruçou sobre ele no sofá, a saia brilhando do recém passado.
Ela estava bonita, mas com uma cara triste.
— Vou dar uma volta, viu? Não vou demorar, porque a Lu arranjou uma entrevista pra mim na loja amanhã.
Ele não sabia quem era Lu, mas a Tiffani nunca trabalhava mesmo, se pegava um bico logo dizia que as pessoas não gostavam dela, que tinham inveja da iniciativa dela, que era melhor assim porque ela não tinha vocação pra trouxa, trabalhar num buraco para ganhar nada.
— Não demora — ele falou. — Eu vou ver o banheiro do Zizi, mas às dez já estou em casa de volta.
Naquele dia, Carlos tinha combinado de ver o banheiro de um amigo do bairro, o Zizi. O cunhado do Zizi tinha saído de uma clínica de reabilitação e a mulher do Zizi estava dando uma força, incentivava o cara a trabalhar e dar um rumo na vida, só que daí o Zizi tinha que chamá-lo na sexta para desfazer o que o cunhado fazia na segunda, o cunhado estava tentando aprender umas manhas de pedreiro. O azar é que o Zizi estava reformando. Tinha coisa que dava para ele mexer

depois, mas outras eram sem salvação, a cozinha do Zizi, por exemplo, chegava a dar tontura, de tão torta. O pior era que eles não podiam falar que tudo era o cara. A mulher do Zizi reconhecia que o cara estava aprendendo, mas tinha erro que era demais, o cara não ia ser tão ruim assim, aí já era implicância. O Zizi ficava meio sem graça. Daí enquanto Carlos estava lá, consertando uma esquadria, olhando uma fiação no banheiro em cima da escada, o Zizi vinha puxar conversa, perguntava como a Tiffani estava e coisas assim. E Carlos dizia: "Deve estar vendo tevê, nunca vi gostar tanto de filme. Pode cair o mundo que ela nem percebe, fica grudada na tevê se tiver passando filme". E ele se sentia feliz com isso, parecia que a Tiffani estava mesmo em casa e que estava tudo bem.

 Enquanto ele se arrumava para ir no Zizi naquela noite, lembrou da chave de fenda que deixara, noutro dia, em cima da caixa d'água da privada. O quarto dela estava entreaberto quando ele passou pelo corredor. Ele a viu de relance, segurando uma blusa em cima da blusa com que estava vestida, na frente do espelho. Ele queria perguntar se estava tudo bem, ela com aquela cara, mas eles nunca conversavam mesmo.

 Ele pegou a carteira, enfiou a chave na caixa de ferramenta. Quando ele fechou a porta, um celular começou a tocar, e ele ainda a ouviu dizer, lá de dentro, como se dentro de uma gaveta de tão longe, ouviu ela dizer alô.

 Carlos queria falar que às vezes era até melhor ela estar saindo com um cara. Pelo menos ele saberia onde ela andava. Por incrível que pareça, o que ele achava pior era imaginar uma tragédia, ela na rua até de manhã, naquele bairro.

 — Viu, pode ser aqui em casa. Vou chamar ele aqui em casa.
 — *Tem certeza?*

— Tenho.
— *Tu vai te chamar Paula, tá?* — a voz de mulher falou.
Tiffani abriu mais a porta para ver se estava sozinha. Sentou na cama.
— Tá bom.
Crianças gritavam do outro lado do aparelho.
— *Então é isso, na sexta te vejo.*
— Tá bom, mas fala mais dele.
—*Já te disse, amiga, ele é gente boa, relaxa.* Ó, aqui tá um bordel, preciso desligar, depois a gente fala.
Da cozinha, Tiffani pegou uma faca, enrolou em um pano de prato e levou para o quarto, escondeu na gaveta do criado-mudo. Ficou sentada no colchão um pouco, depois se levantou, pegou o terço pendurado na cama do pai e colocou embaixo do travesseiro.

II.
Quando Tiffani nasceu, os pais eram muito novos.
A futura mãe desligou o telefone, após contar que estava grávida, e o futuro pai discou para um amigo. Os dois foram numa zona perto da casa do amigo, e o futuro pai acabou gastando todo o dinheiro que havia juntado para dar entrada numa moto, que era o mesmo dinheiro que a futura mãe tinha sugerido ser uma das soluções possíveis para o problema do bebê. Para as amigas, a futura mãe diria depois que aquilo era uma forma inconsciente do futuro pai acabar com toda a possibilidade da criança não nascer. Era uma prova de que ele queria aquele bebê mais do que qualquer coisa, apesar de ele dizer que não. A futura mãe disse: quem quer faz, quem não quer dá aviso. Mas quando o futuro pai disse para os amigos que fazia questão de pagar tudo, e colocou cento e cinquenta reais nos

shorts de uma prostituta e apostou com os bêbados da rua que mesmo depois de oito garrafas ele conseguia girar, ao mesmo tempo, uma perna numa direção e uma mão na direção contrária, ele sabia muito bem que não ia ser um bebê nem uma mulher que iam determinar como ele ia gastar o dinheiro dele. O futuro pai e a futura mãe ficaram sem se falar durante quase toda a gestação, até que a avó da moça procurou o rapaz para dizer que a neta estava se envolvendo com um homem mais velho e desquitado, e que era bom ele ficar esperto. O futuro pai e a futura mãe se reconciliaram. Quando a menina nasceu, do hospital o pai ligou para o único amigo formado e com filhos, para dizer que a filha dele era linda. Ia se chamar Tiffani.

Uma semana depois, o pai chamou os amigos para comemorar em casa. A mãe não gostou muito, até porque as noitadas do pai muitas vezes terminavam mal, mas ela teve acne durante a gravidez e estava um pouco acima do peso e não queria empatar uma festa. E quando já tinha chegado mais de sete homens na casa de vinte metros quadrados, a mulher de um dos caras pediu para ir ao banheiro. Vendo os bichinhos coloridos de biscuit na entrada do quarto, a mulher do cara empurrou a porta. Ficou um tempo sem ver, no escuro, em silêncio, porque o bebê graças a Deus não chorava apesar de eles estarem berrando na sala, o pai empunhando um violão só com três cordas. Com o tempo ela começou a ver o berço, pintado claro, e lá dentro, no meio dos lençóis, o bebê estava com os olhos bem abertos e escuros, mexendo as mãozinhas. A mulher do cara voltou para a sala e disse para o cara, na frente de todos:

— Vamos embora.

Não tinha cabimento fazer uma bagunça dessas numa casa com um bebê, ela falou, praticamente saído do útero.

O pai quase morreu de vergonha. Os amigos pediram desculpa e perguntaram se deviam ir embora. O pai disse que não,

não tinha problema algum, e para reforçar pegou o copo das mãos de dois amigos e jogou a cerveja quente na pia. Naquela noite eles só iam ter do bom e do melhor.

— Relaxa, meu povo — ele falou.

E depois olhou para a mãe para confirmar, porque ele nunca tinha tido um bebê no quarto antes. Ele não entendia muito bem a reação da mulher que entrou no quarto. A mãe, no entanto, estava rindo para os amigos do pai, e ele foi buscar no freezer uma cerveja em temperatura respeitável.

No fundo, a mãe estava com raiva pela humilhação que tinha passado em relação à mulher. Aquela mulher achava que ela não sabia cuidar da própria filha? Depois que ninguém se lembrava mais que um bebê praticamente saído do útero estivera por ali, ela foi para o quarto. A mãe olhou o bebê e se deitou. Às vezes o barulho da sala diminuía e ela imaginava que eles tinham ido embora, mas só tinham ido comprar mais cerveja. O pai não voltou para dormir no quarto. Quando ela acordou, ele não estava, então ela não sabia se ele tinha dormido no sofá. O sofá parecia o sofá de sempre, com uma colcha por cima enfiada nos cantos nos dias de visita, para esconder a ruína do estofado. A mãe se deitou ali e depois ficou olhando o sofá se recuperar do amassado do corpo dela, olhando e pensando se o pai teria dormido no sofá ou não.

Essas perguntas sem resposta que ela fazia começaram a se repetir com muita frequência. A criança chorava muito nessa época. Quando o pai entrava em casa, o choro parava.

— Aí, ó, o problema é com você.

E ria, roçando o indicador na bochecha da filha.

— Quando eu chego em casa ela já começa a rir, ó — ele dizia.

Ele se debruçava no berço, roçava o indicador na bochecha da filha e falava:

— Quem que é a bonequinha do papai?

Depois ia pro sofá ver televisão ou saía anunciando o bar. No sofá só ficava o prato sujo em que ele tinha comido.

— Por que você está chorando, filha? Hein, você deixa sua mãe preocupada, está doendo sua barriguinha?

Dar o peito ajudava, mas tinha hora que a criança nem queria mais mamar. Se a mãe forçava um pouco, a menina mordia. A mãe ficava assustada com aquilo, de a menina morder os peitos da mãe de propósito. Ela ficava olhando para a criança, igual tinha olhado para o sofá se estufar de novo na primeira vez em que o pai não dormira com ela, investigando com meios tão precários se ele passara a noite em casa ou não.

A mãe chegou a comprar uma camisola lilás, mas o pai riu. Disse:

— Também, você não se cuida. Quer que eu faça o quê?

E a mãe dava de mamar para a menina com os peitos salgados de lágrimas.

Na verdade, a mãe estava se sentindo um pouco estranha já fazia um tempo. Falaram que era anemia, depois que era depressão pós-parto. Isso durou mais ou menos dois anos. O pai sabia, porque no dia seguinte ao aniversário de dois anos da filha, ele chegou em casa e a mulher tinha ido embora.

A mãe tinha dito antes que não era para ele sair e beber, pelo menos nesse dia do aniversário da filha. Ele não respondeu. Ela repetiu o pedido mais tarde, e ele falou que era um absurdo usar filho para controlar marido, e só por isso ele ia sair.

Quando ele voltou, a avó estava em casa. Estava confeitando um bolo com a menina, na cozinha, apertando o bico do saco furado de leite em cima do bolo, fazendo morrinhos de chantili. Ela olhou para ele com cara de que alguma coisa séria tinha acontecido, que a criança nem fazia ideia.

A mãe nunca mais voltou.

O pai e a filha até que se deram bem.

As mulheres que apareciam queriam agradar a bonequinha do papai, as amigas da escola achavam divertido dormir quando desse na telha. Se uma noitada sem fim cobrasse seu descanso na hora da escola, o pai telefonaria, com ela do lado ainda de plataforma e lápis preto no olho:

— A garota está podre de gripada. Até se vestiu pra ir pra aula, mas eu não posso deixar minha filha sair desse jeito — e ele fazia sinal para indicar que se referia à moda das calças manchadas, com a qual ele implicava chamando de "sua calça com xixi". — A senhora diretora entende.

Isso durou toda a infância e boa parte da adolescência da menina. Quando ela tinha quatorze, o pai começou a ter muitos problemas de saúde. Depois, levou quase um ano para conquistar uma cabeleireira muito bonita, muito grande e muito severa, de quem ele pretendia só "tirar um suco". Por fim, virou evangélico. Separou-se da cabeleireira dois anos depois, mas continuou evangélico.

A princípio, o problema não eram as proibições, mas o jeito que ele olhava para ela. Como ele poderia ver a filha passar o fim de semana de boate em boate e não fazer nada, ele perguntava. Ninguém melhor que ele sabia que a noite era ilusão. Falta de juízo. Só que a princesa do papai não ia aceitar o sujeito se meter no que ela podia ou não podia.

As festas em que ela ia eram muito legais, churrascos, aniversários, carnaval fora de época. Ela tentava voltar sempre depois das sete da manhã, pois assim o pai teria saído para o trabalho e ela não sentiria que a felicidade estava errada, que ela estava errada, que a música, a dança, as conversas e amizades eram imorais e o faziam ter vergonha dela. Mas às vezes todo mundo ia embora e ela se cansava de ficar sentada sozinha na rua, sem dinheiro ainda por cima, com vontade de fumar. Daí ela voltava.

Numa noite, o pai avisou que ia demorar porque na casa do Zizi estava saindo água por tudo que era lado. Só que, não sei como, quando ele chegou lá, o cunhado tinha resolvido tudo. Não sei como, mas o cunhado tinha descoberto exatamente qual era o problema dos canos, consertado mesmo sem as ferramentas, e ainda feito uma finalização para opinioso nenhum botar defeito. O pai não tinha nada para fazer no Zizi.

Quando ele voltou para a casa, tinha um carro estacionado na frente. Carlos correu tropeçando, querendo entrar no quarto com tudo depois que ouviu o barulho, mas o grito dela de repente não pareceu de alguém contrariado.

De alguma forma, ele soube que aquele não era um namorado.

Várias coisas fizeram sentido.

A noite em que eles brigaram, a noite em que ele lhe deu um tapa e ela gritou que ele sempre pensara mal dela quando ela era perfeita, agora ele ia ter motivo para pensar mal dela. Foi o que ela tinha dito.

As coisas fizeram um sentido horrível.

O pai passou a noite toda caminhando e arranhando os braços.

Ela não tinha visto que ele tinha visto.

No dia seguinte, ele falou para Tiffani que o perrengue no Zizi levou toda a madrugada, e foi trabalhar de manga comprida. No dia seguinte também, e no seguinte. Num fim de tarde, ele apareceu na cozinha com um violão de três cordas, mas fora isso todas as coisas pareciam continuar na mesma. O que ele podia fazer? Se ela saía de casa, ele dizia para si mesmo que ela podia estar em uma amiga, que podia estar em um bar, como uma moça normal da idade dela, normal e jovem e bonita. Sua filha perfeita.

Ele queria falar: Tiffani! Tiffani, pelo amor de Deus. Mas não combinava, não ia adiantar nada conversar com ela. Ele queria falar, meu amor, me escute. Ele ia na igreja e parecia que aquilo tudo era para ela. O pastor falava: se você está perdido, na beira do abismo, senhoras e senhores, meus irmãos! Esse mundo do demônio não é o mundo de Cristo, Nosso Senhor! Mas no fim dos tempos, como diz a Palavra, o Filho Unigênito do Pai que se deu por nós vai espicaçar o demônio da fantasia, vai reduzir cada ilusão a pó! O pastor gritava e ele quase tinha que sair da Igreja para não verem o estado em que ele ficava. Voltava para casa, juntava tudo aquilo e às vezes tocava o violão, sempre sem letra porque nunca ia conseguir falar para ela o que ele sabia, mas na cabeça dele ele cantava também, falava que ainda era cedo, que ainda é cedo, amor.

Com carinho e sinceridade, muitos beijos e beijinhos

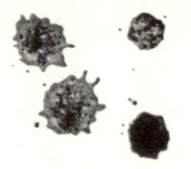

Filha

Espero que não ache ruim que eu a chame assim. Estou tão acostumado a falar com você, na minha cabeça. Olho suas fotos no facebook às vezes. Você é tão bonita agora, mesmo de cabelo rapado. Tem o sangue da sua mãe, a pele e os olhos quentes. Às vezes acordo no meio do sono, sem por quê, daí me pergunto se você também tem insônias, o que faz com isso. A que seriado assiste, gosta de que tipo de comida, se você ainda tem alergia a chocolate e amendoim, o que você e suas amigas fazem nesse Swell Skate Camp que vocês tanto vão brincar de skate ou sei lá o quê, olhei na internet e não entendi nada. Nessas noites sem dormir, pergunto se eu poderia ter feito diferente. Tem uma vizinha na casa do lado do prédio que acorda a umas quatro, cinco horas, ainda está bem escuro. Vejo a luz acender na cozinha, ela fazendo café pela persiana, e depois ela estende roupas no varal com um cigarro na boca. Sei que ainda está longe de eu dormir.

Mesmo eu sendo um cara pra quem sempre foi fácil largar tudo e começar de novo, nunca deixei de falar com você na minha cabeça. Não sei explicar isso. Eu só falava com você, explicava as coisas, pensava no que você acharia dos meus projetos e isso era bom pra mim, me dava confiança e também me segurava em não me jogar em furadas loucas demais. Um dia eu poderia ter que responder para você: foi isso que eu fiz da minha vida, em vez de estar do seu lado enquanto você crescia.

Tinha colocado na cabeça que ia esperar você fazer dezoito, pelo menos, para poder decidir se queria conviver comigo ou não. Só que estou na cidade para ver meus pais e quis aproveitar. Acho que não faz tanta diferença. Gostaria de te convidar para um suco, um milk-shake, uma volta naquela praça perto de casa, um boliche, sei lá, o que você gostaria de fazer? Tem alguma coisa que eu poderia oferecer a você?

Na minha bisbilhotice, vejo às vezes nesses blogs da vida você comentar como é bom beber conhaque, o último grau do alcoolismo, você com dezessete anos! Esse tipo de choque é bom para mim, me faz rever o que eu penso dos meus pais, e como deve ser difícil para eles que eu não tenha me tornado o líder do bando, o rei da selva, ou pelo menos um funcionário público exemplar comissionado, com casa e hábitos respeitáveis. Seus avós nunca me perdoaram por isso. Eu achava que era por sua causa, é o que eles dizem até hoje, mas eu sei que é mentira. Mesmo tendo que ouvir deles e da sua mãe que eu sou um cara que não consegue crescer, olho para mim e sei que perdi toda a conexão com a juventude. Você é a única coisa que sobrou dela e eu só posso querer que você seja feliz.

Por isso, se precisar de um tempo para digerir essa história ou para sentir vontade de se aproximar, tudo bem. Quando quiser, estarei aqui. Para o que você quiser, nem que sejam respostas sobre o passado. Se o melhor é deixar como está, não vai ser esse meu e-mail que vai fazer diferença. Sei que nunca deixei contato para você, mas é o que estou fazendo agora. Estou aqui para ouvir, pode ser o seu silêncio.

Com carinho e sinceridade,
seu pai.

Augusto:
Eu nunca contei pra Arielle que tu já me deu uma facada. Nunca contei que tua família me ofereceu dinheiro pra abortar. Nunca contei que, quando a Arielle tinha três anos, tu sumia de casa por dois, três dias, até algum de teus mui amigos te enfiar num táxi que, ainda por cima, eu tinha que pagar. Quando estava em casa, tu não tomava banho, não fazia a barba, levava o telefone pro banheiro e ficava horas em conversas sussurradas que, na conta depois, se revelavam ligações pra serviços de sacanagem. Nunca contei que, um dia, essa tua sumida não teve volta. Mesmo assim, nunca a fiz pensar que o pai fosse algo pior que um homem muito jovem e confuso, embora minha opinião seja bem diferente.
 Mais de dez anos depois, eu deixo ela te encontrar depois de UM ÚNICO E-MAIL de preguiçoso, um dia antes dela tomar pau num vestibular POR ESTAR MUITO NERVOSA.
 Embora eu DE NOVO não vá falar isso pra ela, tua mãe entrou em contato comigo há dois meses contando que vai retirar um tumor cerebral e por isso fez um testamento. Diz que, se tudo der errado, deixará pra Arielle um apartamento. A Senhora Oliva-Hartman me informou dessa generosidade retroativa com toda a frieza que tua família é capaz de exibir, travestida de bons modos. Mas talvez por conta desse erro de

cérebro, cometeu em seguida uma indiscrição, que me faz crer que teus pais desistiram de te sustentar na tua vida de louco profissional. Presumindo que tu continue sem eira nem beira com quarenta anos e um fígado destruído, essa aproximação da Arielle é o desejo de um lugarzinho pro teu futuro? Sei como tu tem medo de acabar sozinho e desamparado, sem grana, sem teto, sem gente pra te fazer uma sopinha quando tu tiver uma daquelas gripes monstras de fumante-bebedor-ex-usuário de sei lá o quê.

Pela nossa história, tuas mancadas comigo têm peso 5. Não quero mais ter medo ou raiva de nada que venha da nossa relação, mas não vou dar NENHUMA chance de tu atrapalhar a Arielle. Se tu pisar na bola, vou atrás de ti com tudo que eu tenho de pior.

Oi, Guto.

Como tu tá? Foi tão triste te ouvir falar no velório, teu tio te pedindo pra falar mais alto por causa da chuva, o vento jogando terra no rosto das pessoas...! Coisa bem maluca.

A Arielle me falou que tu ainda está na cidade resolvendo a papelada com teu pai e teus irmãos, então queria dizer que se ainda quiser conversar, me liga. Desculpa a dureza do meu e-mail anterior e por ter desligado o telefone na tua cara.

Não sei se é o momento de mexer na ferida da nossa relação, então, se tu não quiser ler isso, para aqui e depois retorna. Eu vou escrever porque é a primeira vez que eu não tenho raiva de ti. Tenho medo de isso passar.

Tu tem razão que eu só falei em mentiras, traição, deslealdade, descaso, negligência, só coisa ruim. E eu não acho que isso é tu. Eu sei lá o que tu é. O que eu sei é que tu me deu isso. Pra mim e pras outras que tiveram o azar de ter cruzado teu caminho enquanto tu estava ali mais ou menos comigo — e tu é tão doido que depois de anos sem me ver consegue comentar no telefone que usar as palavras em letras maiúsculas é muito irritante, então não vou destacar o MAIS OU MENOS em letras maiúsculas, mas, né, MAIS OU MENOS (tá, estou brincando, vai).

Tu disse no telefone que eu ficava louca com a tua confusão, de me querer e não me querer, de querer não me querer e de querer que eu fosse outra e de querer sabe-se lá o quê mais. E pode ser, cara, pode até ser, mas mesmo que sofrer com falta de amor seja doído, é o tipo de coisa que a gente perdoa com o tempo. O que eu nunca consegui perdoar foi o que tu podia ter evitado, a maldade, o descaso e a mentira. Se não existe o preto no branco pro ser humano, como tu fala, não acha que tudo que existe são então as escalas de cinza? Pra mim, tu é cheio de rancor porque ninguém te dá a chupeta do prazer absoluto, daí, se não há liberdade e igualdade absoluta, Cuiabá é igual à Cuba, mosteiro trapista é igual EUA e EUA é igual Irã, se um sujeito manda dizer que não está, no telefone, está mentindo igual falar pra Gestapo que não tem judeu em casa com Israel dentro do armário. E se não há amor e paixão absoluta, constante e integral e eterna, claro, não há como ser feliz junto com outro ser humano.

Bom. Tu sempre reclamou que eu falo demais, mas estou me sentindo muito sozinha. Sinto falta da tua inteligência. Apesar de tudo, tu entendia as coisas. Se precisar de alguém pra acompanhar nesse meio de campo com tua família, pode me procurar, não deve estar sendo fácil. Eu vou ficar feliz se tu me procurar (letras maiúsculas).

Um beijo,
Luana

Grande A.
Tudo bem, magrão? Tu me conheceu no velório da tua coroa, eu sou o marido da Luana e padrasto da Arielle. Meus pêsames pela situação, mas precisava falar contigo de homem p/ homem. Tu e a Luana tiveram estudo, se acham os cabeças, então me esclareça uma coisa: que tipo de homem e de mulher botam fogo na própria casa e criam uma filha sem nenhum amparo e depois de quase 15 anos separados de repente fica mandando msgs combinando encontro com mulher CASADA? Me explica isso, cara. Luana saiu de casa faz 2 dias. Ela me contou q tu também ficou com ela 10 anos, então tu sabe como ela exagera. O que interessa é que se eu me excedi, a gente ainda é marido e mulher. Quero saber se ela tá contigo. Estou dizendo isso porque tu é homem, pelo menos espero que seja, e se tu tá com ela vai ter que resolver as coisas comigo. Tu te encontraria só nós dois pra resolver essa parada? Arrumei teu email na internet, deixa eu descolar teu endereço agora. Prova que tu é homem, cara. Depois de toda essa história com a Arielle, ela merece pelo menos que o pai dela não seja um rato. O que tu acha que a Arielle vai sentir quanto eu contar que tu é um porcaria de um viciado violento que espancava a mãe dela e que hoje não consegue nem respeitar o cara que criou e sustentou a sua filha, que tu largou sozinha quando não tinha nem dente direito ainda?
Guilherme F. L. Orbastri
Engenheiro

Re:
Para começar, eu fiquei com a Luana sete anos. Para terminar, ela não está aqui.
Para terminar, foda-se, troglodita veado filho da puta
Bem que tua mulher queria estar aqui. Você deve ser um merda mesmo.
Salvo em Rascunhos à 01:34pm

cara, isso tudo é muito louco pra eu te falar de uma vez, mas eu fiz aquilo lá que te falei, caguei no vestibular e levei pau, fiquei em 80 e poucos. a diferença é que não vou mais trabalhar, vou ter que continuar estudando :(

saca que meu pai me procurou e eu te contei toda a fita, o que eu não sabia é que ele era rico. achei que ele fosse pobre também pra ter conhecido minha mãe e sido tão podrão com a gente, nunca ter mandado um puto dum filé e tal. só que meus avós são tipo donos do mundo, sei lá o que eles são na real, mas daqueles que acordam "cadê o mordomo com meus drinks", sabe? daí eles me deixaram uma graaaaana $$$$$$ agora que minha avó morreu, esqueci de falar isso.

precisa ver o tipo de funeral que foi, aliás, guardei uns docinhos pra ti mas no fim nada do que eu tinha pensado vai acontecer pq, esqueci de falar logo de cara, na real eu tô na ISLÂNDIA ashuashuahsuahsuahs

primeiro, minha mãe falou que o dinheiro era pra eu estudar e passar em direito ou pedagogia ou até em enfermagem, tatuagem que é bom não tem faculdade, né. só que eu fiquei pensando em convencer ela que eu podia viajar antes e aprender inglês, que intercâmbio é o canal pra se dar bem depois. só que eu bati na porta do quarto dela e falei isso tudo depois de dar mil voltas. ela tava mto estranha, acho q tava chorando. Daí ela diz, simplesmente: "tá bom". levanta, sobe na cama e abre o armário de cima onde ficam as malas e as roupas de lã. E eu: ?????? paralisada de pé na porta do quarto. Ela começou a arrumar as malas, jogou um casaco em cima de mim e falou "Que tá esperando, Arielle?".

que que tu acha disso?! quando a gente acha que uma mãe vai fazer uma coisa, daí que ela faz diferente, é tipo barata que para de comer açúcar pra tu não conseguir fazer armadilha asuahsuahsuahsu

queria ter coragem de contar pra ela da gente, mas minha mãe é muito louca, apesar de ter tido um monte de experiência ruim com homem ela nunca vai me entender, porque justamente a única coisa que faz minha mãe ter alguma emoção é se foder com esses caras, de resto ela fica aí tomando remédio pra levantar e pra dormir. Ela nunca ia entender.

eu queria ir pra Londres, mas a Islândia tava mais barato. diz que sobra bastante pra eu estudar, mas meu plano é que, com esse tempo com ela, minha mãe entenda que não adianta eu fazer uma coisa que não gosto que eu nunca vou conseguir. Não consigo terminar as coisas que eu gosto, imagina ir fazer pedagogia...

tatuagem dá dinheiro, vou tentar fazer ela entender isso tb. ela fica aí acreditando em ser igual a todo mundo, nessas horas eu fico pensando se eu sou mais parecida com meu pai. por falar nisso, tô te escrevendo porque queria saber se por acaso tu poderia passar em casa e avisar meu padrasto que a gente viajou, fala que eu te mandei email. apesar dele ser um neandertal, não precisa morrer de preocupação. só não fala que fui eu que mandei fazer isso pra minha mãe não me detonar depois, hein!! ela mandou pra ele uma mensagem antes de embarcar, mas é pouco, né?

por falar em pouco, tô escrevendo também porque tô com saudade. não sei por que tu não atende, te liguei 5x antes de embarcar, sério que tu não ouviu?

eu queria dizer que não precisa fazer nenhum exame de sangue por mim no sábado.

tu tem razão que eu que tenho que me virar com as minhas neuroses. não é pra te controlar, sabe? mas eu tenho medo de pegar doença, mesmo a gente sendo mulher. e tu também sempre tem alguma coisa que não me conta... queria que tu entendesse o meu lado. de toda maneira, respeito o cuidado de tu te propor a fazer uma coisa pra me deixar despreocupada. eu faria o mesmo por ti :)

q a gente fique na paz e consiga cada vez + ser feliz. fora minha nervous breakdown depois de ver tuas msgs p/ a Tita, aquela manhãzinha foi muuuuito delícia e eu adorei x)

me escreve logo ;******
muitos beijos e beijinhos e bom trabalho aí na Renner <3

A largura da coleira

Eu vou contar da primeira vez que vi um cachorrinho. Por incrível que pareça, nunca tinha visto um cachorro na vida. Ouvia falar de cachorros, sabia que eles chamavam Totó, Bidu, Rex e Bingo, mas nunca dei a sorte de encontrar um na rua. E não sou burro nem ingênuo, sei que as pessoas vão achar que é sacanagem isso, mas o que eu posso fazer? Meus primos e amigos cuidavam de gatos, até de um papagaio uma vez, nunca de um cão. Minha mãe não gostava. No nosso prédio era proibido. Com uns treze anos mais ou menos, eu já não tinha vergonha de ser chamado de idiota contando essa história, mas me dei conta de que não podia falar do cachorro por outro motivo. Se eu falasse, ia estragar a mágica, inserir na linha do tempo uma pessoa que ia querer influenciar o meu destino, me levar num pet-shop, me mostrar o seu buldogue com o pelo brilhante e o rabo abanando de estraga-prazeres. Eu nunca saberia os planos que Deus tinha pra mim com essa história de me esconder os cachorros.

Isso é o que eu pensava até o ano passado.

Em dezembro, era final de campeonato nos telões de LED

e plasma na seção dos eletrodomésticos do Comper. O mesmo lance se repetia em sequencia entre os liquidificadores, os computadores, as impressoras e outras coisas que só pelo formato e pelo nome eu não fazia ideia de para que serviam, como umas perninhas de alicate etiquetadas "Prancha Alisadora Fashion Pink".

— O São Paulo vai pro saco hoje — o Juliano chegou dizendo, virando o copinho de plástico dele e limpando o canto da boca com a mão, bem canastra. — É isso que vai rolar hoje, meu caro Gabriel! Seu time perdendo pro meu time, na tua puta cara.

"Canastra" era uma coisa que minha mãe falava assistindo televisão, que o ator fulano de tal era canastra, querendo dizer que era canastrão. Outra coisa que ela falava quando estava nas festinhas das amigas do condomínio em que eu era intimado a ir: "Vou ali fumar meu careta". Como que dizendo que já tinha fumado outra coisa na vida além do Carlton fedorento, quando ela ainda tinha uma juventude, em vez de um filho.

Para piorar as coisas pra minha mãe, no ano passado o filho dela tinha resolvido ter um emprego que ninguém o obrigou a ter. Nem a família, nem uma necessidade financeira real, nem um tipo de princípio de vida válido como formar caráter a partir das dificuldades da vida, então não me pergunte por que eu terminei o ensino médio e, em vez de fazer o vestibular, voluntariamente me propus a ser obrigado a estar todo dia em um Supermercado Comper toda tarde e às vezes muito mais.

No dia dessa final, no caminho da casa pro mercado, o Juliano tinha entrado no mesmo ônibus que eu e escolhido sentar do meu lado. Como a minha mãe, eu nem sempre tinha sorte.

— Quer saber como eu, Juliano Mendes, primeiro e único, imperador da ideia boa, vou salvar a sua tarde miserável de ser mais um fracasso modorrento?

Meu livro de transporte público na época era uma biografia do punk, *Mate-me, por favor*, e eu me lembro muito bem, porque tive que guardar esse livro muitas vezes contra a minha vontade naquele verão. *Mate-me, por favor* passou meses indo e voltando para a casa dentro da minha mochila, enquanto o Juliano esticava o braço em volta do meu ombro e falava pérolas, como:

— Às três horas, o Dentinho vai colocar uns ferros naquela fuça. E já que você não ia pensar nisso sozinho, eu te digo onde a gente vai depois, na seção dos eletrônicos, cheia de televisão. E no final do segundo tempo, eu espero que você saiba o que vai rolar. Cê sabe o que vai rolar?

O Dentinho, no caso, era nosso gerente, e o Juliano era uma cara que mesmo com a língua presa conseguia jogar uma conversa fora. Era uma quantidade tão significativa de palavras que a gente demorava pra ver a falta de sentido das frases. Desde quando um "fracasso" pode ser "modorrento"? Era de dar um nó na cabeça de um indivíduo que levava a sério o cérebro. O que ia rolar, segundo ele, é isso: o meu time perdendo pro dele na minha puta cara.

Não que eu fosse uma espécie de gênio destinado a encontrar soluções criativas para a felicidade das pessoas, mas eu preferia exercitar uma forma melhor de gozar a vida do que me misturar com o Juliano. (Para não dizer que na verdade eu passava a tarde inteira inventando coisas na minha cabeça, histórias maravilhosas e completamente desprovidas de sofisticação. No meu cineminha mental, eu, pra admiração de todos, era ás no futebol, tênis de mesa, violão, jogo de cartas, judô, gaita de boca, até na apicultura. Neste roteiro invariável, por vezes aparecia uma autoridade no assunto, no foco das atenções do momento, pra dar uma mãozinha na hora de fazer as pessoas se darem conta do meu inestimável valor. Por fim, eu não precisava desfrutar dos benefícios da estima dessas pessoas: sempre ia embora ao final do reconhecimento, triunfante, o único *grand finale* possível).

— Ô, mas você não gosta mesmo de falar, hein, fica quieto aí com essa cara de cu, parece até um psicopata, rárárárárá.

Eu sei que é idiota exigir silêncio pra ficar por aí se imaginando o cara mais fodão do universo, mas é melhor do que ser um sujeito que vai embora gargalhando e trinta minutos adiantado.

Depois de aceitar chocolate hidrogenado e sopa de galinha cor de laranja-Chernobyl de uma promotora de vendas de nome Maurene, depois de ver o São Paulo perder, depois de ter que ralar também no período da noite apesar de isso ser proibido, ainda tive que presenciar mais uma cena de impunidade vendo o Juliano sair trinta e três minutos antes do fim do expediente. Como eu sou um trouxa que faz tudo certo, esperei dar a folga da tarde pra comer meu sanduíche no pátio lá fora. Era para ser a parte alta do meu dia, só que não. Sentei na borda de cimento de um canteiro de flores, espetei o canudinho no meu achocolatado e desembrulhei o plástico em volta do meu Frango/Requeijão. Na segunda dentada, uma voz arrepiou o pelo da minha nuca, porque quando alguém vem estragar a sua comida sempre tem que ser no começo.

— Tá vendo o que te espera no futuro?

Dona Cleomar, também conhecida como minha mãe, estava indicando com a cabeça uma obra no cruzamento em frente ao mercado. Minha mãe não entendia por que eu insistia em passar as tardes repondo produtos em gôndolas, limpando o chão e encaixotando compras de madame. Aquilo era trabalho de peão. Queria que eu estudasse e virasse alguém. Depois de todos os plantões de enfermagem e as varizes e humilhações e você sabe o que é criar um filho sozinha? Você sabe o que é escolher entre o hidratante ou o iogurte?

Eu escutava, mas não poderia dizer que, em casa ou no mercado, passaria o dia inteiro alheio a qualquer coisa mesmo, remoendo pensamentos obsessivos e desimportantes todo o tempo disponível. E se era pra ser assim, que ganhasse algum dinheiro enquanto isso, porque rico a gente não era. Eu nem me dava bem no colégio mesmo, toda aquela decoreba pra ser esquecida menos de uma semana depois. Afluentes do rio Amazonas: Javari, Juruá, Purus, Madeira, Tapajós, Xingu, Içá, Japurá, Negro, Trombetas, Paru e Jari.

— O que você quer? Despencou do hospital só pra encher? — eu falei, apoiando o sanduíche gelado nas pernas.

Ela tinha ido avisar que ia passar fora o feriado, com colegas do trabalho. Aproveitou e trouxe novas chaves de casa, tinha trocado a fechadura. Preferia não arriscar chegar do plantão e encontrar o Rogério esparramado na sala, torto de cachaça — e o Rogério não era um dos namorados tortos de cachaça dela, mas o próprio irmão-gêmeo, o meu tio.

Fazer o quê. Abri a mão pra aceitar as chaves, geladas e macias.

— Podia ter colocado num chaveiro decente, né, mãe?

A coisa presa às chaves era, não tinha dúvida, um porquinho cor-de-rosa de pelúcia.

— Não sei o que fazer com você, Gabriel. Você tá tomando as vitaminas que eu te dei?

Quando se tratava de ouvir as aporrinhações da minha progenitora, esse ser que acredita em vitaminas para combater o mau-humor, pelo menos o mercado era melhor que a casa. No mercado, eu dava as costas e ia embora. Não ia responder em público, dando corda em um brinquedo incansável de discussão. Ela falaria "Eu só não sei aonde isso vai te levar", eu responderia "Ótimo, que eu não quero ir pra lugar nenhum", e o pior era bater a porta satisfeito pelas frases espertas e falsamente significativas e o que ela sabe mesmo da vida essa infeliz, mas tudo teria que parar por aí antes que eu ficasse com dó da minha mãe. Minha mãe e o cansaço por trás do batom e da sombra lilás e os namorados com os quais tinha longas discussões iguaizinhas, cheias de gritaria, sarcasmo e recriminações; iguaizinhas, mas por telefone. "Ali ó, o que te espera no futuro". Não era à toa que ela tinha criado um filho sozinha. Era pra desafiar a vó. Era pra dizer que ia conseguir. Que sorte eu tinha de alguém ter dito, um dia, que ela não ia dar conta de criar um filho.

Eu peguei as chaves e me virei sem me despedir, como sempre me arrependendo em seguida. No intervalo das portas automáticas, antes de trocar o bafo da rua pelo ar-condicionado, vi que a obra no canteiro central seguia poeirenta e imponente, mas sem o barulho. Por um momento, no torpor do fim de tarde, as máquinas estavam paradas, os operários comiam a marmita, fumavam um cigarro e dormiam em cima das blusas, numa miragem de silêncio e pôr do sol.

— Ô, tá surdo? Que cara! Toma o café comigo? — gritou a Lorena, chegando pro turno da tarde. — Ainda tem quinze minutos!

Nos meus trezentos e poucos dias de mercado, eu fiz dois amigos. O Filipe tinha sido operador de caixa, mas não parava em nenhum emprego e agora estava na Vigilância Sanitária. A outra era a Lorena.

Sem conseguir uma resposta animada sobre o feriado ou os acertos da astrologia, a Lorena ficou quieta. Perguntou, do nada, se eu ainda pensava nela quando queria gozar. Fui sincero sem pensar e falei que elas não tinham rosto, eram recortes de mulheres sem identidade. Ela ficou ofendida na hora, e eu frustrado de ter me aberto para ela. Por isso, em vez de me desculpar ou então ficar quieto pra preservar minha intimidade, encarei a Lorena e expliquei: eu penso numa curva de quadril ou um sorriso de dentes espaçados que eu vi. Uma bochecha de pele fria, dessas que parecem de um tipo de plástico quando você encosta. Eu penso num corpo pelado sem cabeça. Eu podia ter aguentado aquela insegurança besta. Ter ciúme de uma mulher pelada sem cabeça? Mas acho que fiquei com vergonha, agredi em troca e me senti ainda pior quando a Lorena nem foi embora ou reclamou, ficou muda do meu lado na grade que protegia os carrinhos livres. As coisas eram assim, pontiagudas em todas as direções. As coisas eram assim de um jeito que eu não gostava de Lorena todos os dias e isso me deixava chocado, fumando um cigarro sozinho no pátio. Com a Lorena, os dias em que não havia interesse estragavam os dias em que eu estava interessado.

 A situação estava tão ruim que eu nem me senti mal de emendar o turno da noite e não poder voltar para casa. Tinham me colocado nas coisas inúteis naquele fim de tarde, então eu fiquei lendo o nome dos utilitários de decoração. Porta-joias Múmia. Papel higiênico Pisca-Pisca. Cabideiro Coelho. Que decadência, eu falei alto sem querer, mas quando minha colega de seção perguntou o quê eu vi que ela tinha as unhas adesivadas de caveira e, no minuto entre inventar alguma coisa ou falar que não era nada, nós ouvimos a mulher-abalo-sísmico.

 Essa mulher, uns cinco anos mais velha que eu, tinha parado em frente ao expositor com promoções e puxado um par de Jogo Americano C'Est la Vie que estava embaixo dos outros. Plecplecplecplecplec.

 Ela não tentou segurar o dominó. Quando as coisas começaram a desabar, ela só me encarou, arregalou os olhos e dobrou a boca numa careta. Eu ri. Ela riu de volta. Ela tinha os dentes perfeitos e uma covinha só de um lado, na bochecha direita.

 Às vezes, eu dava nomes às clientes, mas nesta nenhum se encaixava. Tainá era novo, Rita era velho, Julia era sério demais. Era como as gírias da minha mãe, que sempre pareciam meio fora de ordem na minha boca, um pouco eruditas demais, ou caipiras demais, ou coisa de livros. Se houvesse um nome para "musa", seria aquele. Como ensinara o Robert, professor de geografia, as consequências de um terremoto são: vibração do solo, abertura de falhas, deslizamentos, tsunamis, mudanças na rotação da Terra.

Eu sei que é ridículo ser tão motivado pela beleza feminina. Tão ridículo que a gente fala que não pode fazer nada a respeito como se fosse uma brincadeira, mas não é uma brincadeira. Em algum momento eu ia me lembrar de como isso era horrível, mas por enquanto eu estava tomado pela excitação de ter um motivo para viver, espreitar uma cliente comprando pizza congelada.

Quando ela saiu, eu a segui até o estacionamento. No começo, espiava do escuro do pátio para o clarão dos portais do supermercado, esperando um assobio de um gerente, enquanto a mulher ia passando todos os carros, andando cada vez mais longe. Depois que passou a décima fileira e aquela luz fria já não iluminava muito, me liguei que o carro dela também não estava estacionado na rua. Ela devia morar perto. Caminhava balançando o saco de compras e não devia ter medo de ser atacada, porque não olhou pra trás nenhuma vez. Eu a vi entrar em um prédio sem frescura chamado San Martin e voltei.

Fazer o quê.

Quando eu telefonei para o Filipe e pedi se ele podia, um dia, trocar de lugar com um colega que cobrisse a área do glorioso Edifício San Martin, libertador da América do Sul, Filipe nem perguntou por quê.

Por quê?, eu me pergunto, esperando pelo ônibus que me levará até o Filipe, mas sei que tudo isso é só um jeito da minha mente evitar a decepção, me fazer questionar o que eu quero, desdenhar daquilo, me proteger dizendo: tá, agora meu corpo sem identidade tem a cara da mulher-abalo-sísmico, mas isso não quer dizer nada. Eu nem quero nada. Um milhão, dez na prova. Só que quero sim, eu sei quando o Filipe aparece rindo e falando que eu sou louco. E não quero, eu no segundo ônibus de uniforme e pasta na mão em direção ao meu destino. Eu não consigo evitar. Isso que eu queria que mudasse, eu por aí tentando me apegar a um monte de coisa só porque não acredito em nenhuma.

Eu só sabia que quando eu pensei em entrar disfarçado naquele prédio, aquilo que eu sentia até era melhor que nada. Eu estava livre da minha mãe, do Rogério, o iogurte, o sonho de futuro, o tipo de prova que decerto eu fantasiava ser necessária para me demonstrar superior, para calar a boca deles, os imbecis dos meus colegas de sala, a mãe, o Rogério, o iogurte, o sonho de futuro. Era isso o que estava sempre comigo, como minha jaqueta de napa preta, invocada, mas frouxa, e que eu nunca tirava.

Eu já tinha fantasiado outros planos malucos e secretos, mas nenhum era muito fácil, nenhum carregava junto um Filipe e um colega da Vigilância Sanitária, então vamos dizer que eu estava exultante de achar um meio tão simples de realizar, por fim, uma dessas ideias — secretas e malucas e até idiotas, que fossem, mas sem dúvida melhores que a escola, o mercado, que todo o dia.

Com as pastas e as planilhas na mão, subo os andares do edifício San Martin. O uniforme é cruel, mas o trabalho pode ser feito por qualquer um. Confiro as plantas as mais sem graça, pergunto de vacinas, informo sobre água parada e epidemias e o apocalipse. Pergunto se o homem é casado ou se a moça tem irmãs ou se a velha tem filhas, mas não. A mulher-abalo-sísmico não aparece, ela e a covinha na bochecha dela. No sexto andar, quando eu não estava mais penteando o cabelo com os dedos depois de soar a campainha, esperando que ela abrisse a porta, quem sabe de pijamas, ela abre. Abre a porta oposta a que eu estou e sorri. Ela chama o elevador e espera, enquanto eu do outro lado espero o morador desgraçado do 602. Não que fosse grande coisa, entrar na casa dela e conhecer todas as suas coisas, o sofá onde ela sentava...

De novo, a dúvida sobre a razão de todo esforço, quando a derrota é o meu casaco de napa, grudado no meu corpo até quando eu durmo e sonho. Era um esforço idiota, dizer que eu estava doente no serviço, pedir favor para o Filipe, fantasiar uma mulher, aguentar todos esses condôminos dentro de um uniforme de malha quente. Para quê? Eu estava em dúvida se era responsável por meu eterno fracasso ou se devia ficar revoltado com o timing nada amigável que o universo tinha para comigo, sofrendo a pilhéria extra de me deixar ver, enquanto ela desaparecia por aquelas portas pesadas de elevador, que tinha dentro da bolsa um minúsculo animal em pelos pretos, o primeiro cachorro que eu veria, ou quase, na minha vida. E ele tossiu um latido gripado. Um cachorro que era carregado numa bolsa por uma dona. Eu a odiei. Odiei a mim mesmo por ter esperado, todos esses anos, alguma epifania canina, qualquer coisa de espetacular, que não vinha e não vinha. Ter esperado. Odiava por ter esperado.

Quando a senhora do 602 abriu a porta, estranhou ver o jovem de terno azul pousar no chão a sua pasta, gravatas e planilhas e entrar pela porta de serviço, descendo as escadas a correr furiosamente com o seu cachorro imaginário, um fila-brasileiro marrom e corpulento, as pernas sem medir degraus, as babas escorrendo na palidez da língua.

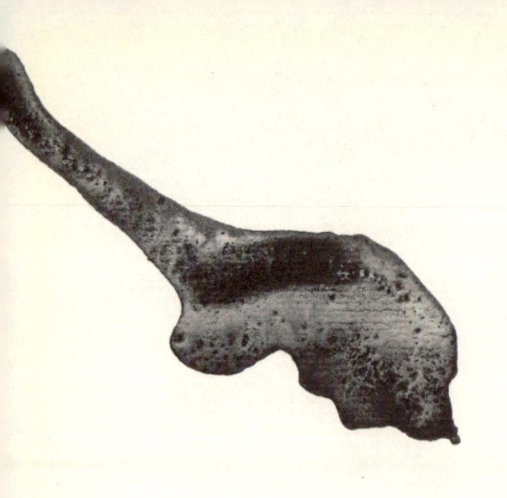

A invasão

Ainda na rua, por entre as grades do portão, Renato avistou o rabo da cachorra cruzar pela porta e sumir para dentro. Alguém tinha arrombado a casa. Renato pulou o muro. Pegou um tijolo da pilha no quintal e entrou em silêncio no escuro da sala. Os móveis de mogno sumiam no breu. Aos poucos, a cerejeira do tampo da mesa, as almofadas mais claras e a tela da tevê foram reconstituindo os volumes da sua sala de estar.

— Estou no banheiro! — uma voz de mulher gritou.

Ela apareceu devagar, com as mãos levantadas na altura do peito. Renato ligou o abajur. Os cabelos curtos, pintados de amarelo, tinham a cor ressaltada pelo vermelho dos lábios e das bochechas. Desculpou-se pela entrada sem autorização. Ele avaliou a respiração e o rosto afogueado dela.

— Bebi — ela suspirou. Arrotou. — Me desculpe.

Ele achou divertido. A visão da mulher ofegante, falhando em manter a postura alinhada. Não inspirava ameaça. Passou por ela e investigou a casa, acendendo as luzes.

— Você entrou pela cozinha? — gritou de dentro do quarto,

hermético. — Que droga — voltou. Na cozinha, o truque para disfarçar a fragilidade da janela contava com o desinteresse dos invasores.

Foi encontrar a mulher já sentada na sala, os pés sobre o assento. No chão, tombados, os sapatos fechados de salto, de camurça azul. Na luz do abajur, ela parecia uma pintura. Branca nas mãos e tornozelos — branco, amarelo, vermelho, azul. Renato não sabia se gostava da transformação, de submissa e desastrada a subitamente tão à vontade no seu sofá. Encarou-a. O que fazia ali?

— Eu estava muito nervosa.

A mulher tinha tido uma briga daquelas com o "noivo", ela falou, botando aspas com os dedos. Na verdade, o homem a procurava e a repelia, em turnos, já fazia dois anos. Hoje ela tinha perdido a cabeça, saiu para caminhar e foi parar ali. Na semana anterior, ela lhe dera um ultimato. Ele prometeu dar a resposta no domingo, mas não ligou.

— Mas não ligou — repetiu Renato.

— Não ligou depois de viver comigo cinco anos — a mulher desafinou um tom mais alto. Ele achava que era pouco? Ela olhou firme para Renato:

— Depois de eu romper com toda minha família.

Recuperou o ar controlado e grave, para se queixar:

— Eu era casada com outro homem, antes.

Renato já conhecia aquela conversa. As mulheres estavam sempre idealizando o primeiro namorado para reclamar melhor do que veio depois. Ele se sentou na poltrona em frente ao sofá. Ela continuou:

— Parece pouco dizer que eu esperei o telefone tocar toda a manhã e todo o dia. Mas durou muito, uma eternidade — disse. Comparou: cinco minutos de sesta não eram cinco minutos extraindo os pelos numa clínica de estética.

Ela tinha ido ao teatro, mas não conseguiu se concentrar. Depois, caminhara até o parque das Rochas e das Rochas até ali. Quando passava em frente a um quintal, ouviu um telefone tocar. Tocou, tocou. O som vinha da sala de Renato. Parou. Ela ficou hipnotizada. O telefone recomeçou. Alguém, como ela, ligava sem parar e sem ser atendido.

— Daí você achou que era para você — Renato zombou.

— Eu nem sei o que eu achei. Só não queria mais sentir aquilo.

Contou que pensara em alarmes, o joelho dobrado em cima do muro, a queda na grama molhada. A fratura na realidade.

— Queria fazer algo inesperado, errado, sei lá.

Renato começou a massagear os braços. Os músculos estavam cansados de piscina e de chope. Passara a tarde num churrasco, comendo, nadando e rindo. Tinha pensado em chegar em casa, talvez ver um filme.

— Queria olhar essa vida... essa casa... — as meias da mulher trocaram o sofá pelo parquê e ela avançou dois passos, passeando a visão.

Disse que os objetos livres do olhar viciado do dono permitiriam, melhor, enxergar neles todas as possibilidades de histórias a contar. Correu a ponta dos dedos pela parede até chegar a um pequeno painel de fotografias. Nenhuma foto de namorada, ela já sabia. Só retratos de natureza que Renato batera em viagens — com exceção de dois, um com um grande são-bernardo, outro com uma moça adolescente.

— Sua irmã tem o ar determinado.

— Somos bastante parecidos, não é? — ele falou, sentindo um mal-estar repentino.

O painel de fotos e o ruído cada vez mais próximo no corredor lembraram Renato daquilo que não acreditava ter esquecido. Correu ao encontro de Lola gritando.

— Lola! — não entendia, não entendia como podia ter se esquecido. — Ô Lolinha, minha flor!

Do corredor, a cadela estacou, inerte, no abraço ansioso de Renato. A são-bernardo era sua companheira há sete anos. Agora, as patas e os músculos de seu abdômen tremiam. As mãos de Renato voltaram de sua boca, cheias de uma baba profusa e pegajosa, direto para os braços da mulher.

— O que você fez? — berrou. — O que você deu pra ela? — falou entre os dentes.

A mulher gritou de volta, pedindo calma. Contou que, ao entrar na casa, a cachorra a assustara. Ela teve medo e reagiu, mas não queria fazer-lhe mal. Apenas uma bolinha de naftalina da despensa, para ela poder sair da cozinha... Era a única opção que visualizara. Nem pensou, na verdade. Abriu a gaveta dos panos de prato, pegou uma bandeja de carne na geladeira, tinha sido impulsivo, mas ela também não tinha nem jeito de voltar atrás, depois que tinha sido encurralada pela cachorra...

A mulher o seguia sem terminar as frases, enquanto Renato abria e fechava os armários da sala do meio. Fechou os olhos de alívio quando encontrou o frasco de água oxigenada de que precisava.

— Ela estava me estranhando — a mulher argumentou, chorosa, esfregando o braço que o homem machucara.

— Claro que estava, você entrou na minha casa pela janela! — Renato atropelou a mulher para chegar até a cozinha. Pegou uma xícara, que enfiou com o remédio pela goela da cachorra.

— Toma, Lola! Bota isso fora, vamos, meu anjo.

— Eu tive medo dela atacar! Olha o tamanho dela.

— Esse bicho é incapaz de fazer mal a alguém! É o animal mais amigo, dócil, e leal... — Renato sentiu as lágrimas chegarem aos olhos.

A mulher não teria mais chance de discutir. Não acompanhou Renato até o banheiro. Lá, nos braços do dono, Lola nem resistiu aos jatos da ducha de banho. Renato se lembrava que, em casos de envenenamento, era bom lavar o animal das toxinas. Enquanto ele a secava na toalha, a mulher surgiu na porta, com os olhos vermelhos.

— Eu também era incapaz de fazer mal a alguém, e olha só pra mim.

Mas tudo que ela dizia agora deixava Renato furioso.

— Dá o fora da minha casa — mandou.

A mulher saiu.

Lola arfava e tremia, enquanto Renato a alisava. Consultou o relógio e deu-lhe mais um bocado da água oxigenada. Na terceira xícara, Lola vomitou. Ele a carregou para a sala para que descansasse próxima a ele, no tapete. A mulher não tinha ido embora.

— É impressionante como os homens se enternecem com cachorros, e são tão frios com as mulheres.

Ele não queria ouvir mais nada dela.

— Se você não sair, vou te carregar pra fora.

Ele tinha sido paciente, ouvira tudo que ela tinha para dizer. Agora, bastava. Ela começou a chorar.

— Como foi fazer isso com a minha cachorra, hein? Eu não entendo o objetivo disso tudo. O que você quer?

A mulher falou pra dentro, ele não entendeu. Mas achou que tinha ouvido uma coisa.

— Como?

— Nada.

— Você está grávida?

— Não.

— Então, por que falou?

Ela não respondeu.

— Eu perguntei o que você quer — Renato se impacientou.

— Fala logo qual é seu problema, minha filha, que eu quero ficar na minha! Eu quero paz!

As palavras da mulher, chorando, soaram altas e concretas como os armários de mogno:

— E eu quero ficar menstruada.

Desde o primeiro dia, os pais disseram que ela estava fazendo uma besteira ficando com aquele cara. Disseram que ele não a amava. Ela quis provar que não. Agora, estava ali. Tudo naquela casa mostrava a solidão de Renato, a imaturidade, a independência. O tanto que ele não precisava dela, nem a queria. E ela, uma mulher inteligente, outrora tão capaz, agora pulando muros, envenenando cachorros, investigando lixeiras. Tinha chegado à conclusão de que deveria deixá-lo diversas vezes, mas sempre voltava atrás. Agora, não podia fazer mais nada.

A respiração do homem se trancou na garganta e sufocou sua voz.

— Eu ia te ligar quando chegasse em casa, Paloma.

(Falou, pensando que talvez não fosse ligar.)

(Falou, pensando na outra moça, com quem combinara de encontrar mais tarde.)

(Falou, pensando em alarmes, o joelho dobrado em cima do muro, a queda na grama, a fratura na realidade.)

Cinquenta centavos

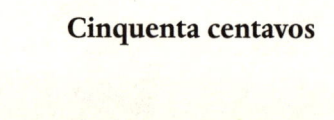

Só quando desceu do carro para abrir a garagem encrencada, Guto viu o cara sentado no meio-fio. Um amigo da juventude, com quem dava uns passeios pelo bairro quinze anos atrás. O apelido ele lembrava, não o nome. Deu um branco. Lúcio. Lúcio se levantou e caminhou com o braço estendido. Apertou forte a mão de Guto e falou que queria emprestado cem reais.

— Que susto, irmão — Guto sorriu, desconcertado.

Tinha voltado cansado de um plantão de trabalho. Era sábado e ele nem pensava em sair. Podia ser bom ter uma companhia para comentar as porcarias da tevê, Guto pensou, mas há muitos anos não via Lúcio. Agora ele aparecia soturno e desarrumado, com as botas esbranquiçadas no bico.

— O que tá pegando? — disse Guto. — Faz tempo que a gente não se vê.

Era estúpido falar para "marcar alguma coisa uma hora" na frente de uma pessoa quando nenhuma das duas tem pressa, mas Guto já tinha falado. Lúcio não sorriu de volta. Tinha envelhecido. Um vinco profundo lhe contornava a boca, do nariz até o maxilar, como se tivesse dormido com a cara dobrada. Lúcio se virou e procurou na calçada os tocos que faziam as vezes de banco sob a figueira, eles ainda estavam lá. Sentou-se como se fosse começar uma longa história, mas ela não veio. Guto se sentou também e ficou esperando. Um poste de luz acendia e apagava na quadra de baixo.

— O mundo gira, cara — disse Lúcio, afinal, olhando o fundo escuro da rua.

Ali no toco, do nada, Guto se lembrou da chácara do seu Luís. Lúcio, Guto, Ruberval, Camargo Boia e Kevin, sentados em tijolos, assando milhos e batatas-doces no descampado. A fumaça subia preta no ar. Até escolher lugar para o fogo, saíam pelo mato, carregando num único saco plástico as espigas e as batatas, vários garfos, uma faca, caixa de fósforos e um pote de margarina com sal.

Guto perguntou de novo o que tinha acontecido. Lúcio gostava de uma caninha e tinha um fraco por novidade, era ele na turma que tinha provado chá de fita cassete, só para ver como era. Era nisso em que Guto estava pensando.

— É mulher? — perguntou. — Doença? Em que confusão você está metido?

Lúcio abanou com a mão, impaciente, não era nada daquilo.

— Não é confusão. É difícil de explicar. Posso guardar pra mim? O cara tem que ter pelo menos esse direito. Eu só preciso. Confia em mim, que eu preciso.

Lúcio tinha perdido um pouco dos músculos, nos braços de fora da regata e na cara magra. Respondeu que continuava no frigorífico. Não, não sabia da Mara. O padrinho devia estar "daquele jeito" — fazia anos que não se falavam.

Na casa do padrinho, Guto, Lúcio, Mara, Jana, Miltinho, Cássia e Mister M varados da noite tomando café da manhã na beira da piscina. O sol nascendo sobre a festa de sábado. Folhas

fendidas de uma grande pata-de-vaca nadavam junto dos braços, enfeitando o cabelo molhado das meninas.
Para falar a verdade, Guto também nunca mais tinha visto ninguém.
— Olha, Lúcio, deixa ver o que tenho pra te ajudar então... Lúcio não esperou Guto abrir a carteira. Em vez disso, perguntou se não dava para chamar o irmão. Vinte paus, quarenta, pouco dinheiro não adiantava, só ia fazer Lúcio ter que ir atrás de mais alguém. Lúcio apontou para o carro. Marcos sempre fora esperto para conseguir as coisas. Com certeza Marcos tinha mais grana em casa.
Um gol duas portas, branco, usado, Guto pensou.
— O que está acontecendo, hein Lúcio? — disse Guto. — Sabe que horas são?
Mas o carro era mesmo de Marcos. Ele e a namorada, Janice, consertavam computadores e revendiam coisas, agora eram produtos de bebê de uma marca alemã. Cadeirinhas, termômetros, mamadeiras. Os três dividiam as contas de casa entre dois, porque Marcos e Janice dormiam no mesmo quarto e Guto podia usar o carro de vez em quando. Não era muito justo, mas o que Guto podia fazer?
— São três horas da manhã, compadre — Guto foi procurando a chave do cadeado que enrolava as grades do portão. Marcos tinha falado para chamar alguém para arrumar o lance do portão, mas Guto não conhecia ninguém. Além disso, Marcos queria fazer o irmão pagar sozinho, disse que o portão piorou numa noite em que Guto fez um churrasco. E era verdade, mas Guto não tinha culpa. E os convidados eram amigos dos dois.
— Droga de portão — Guto reclamou, abrindo-o com um tranco e entrando em casa, seguido de Lúcio logo atrás.
De longe dava para ver a luz azul da tevê na sala e o pé de Marcos, enfiado em um chinelo preto, em cima do braço do sofá.

Ele estava deitado de comprido, assistindo a um canal de vendas. Na sua frente, no chão, tinha um computador aberto, com parafusos e uma chave de fenda em volta, e uma bacia verde de plástico, vazia, com o fundo cheio de sal e cascas de pipoca. Quando viu que tinha alguém com Guto, Marcos se levantou. Reconheceu Lúcio e se abraçaram batendo nas costas um do outro.

— Que a gente tava na zona nada, cara — Lúcio respondeu à insinuação de Marcos. — Pagar por mulher é coisa de perdedor, o bom mesmo é chamar pra sair nesses grupos de internet e pá, tá entendendo?

Lúcio se sentou no braço da poltrona e abaixou o volume da televisão.

— E aí, trabalhando com computador?

— Cara, tô pensando até em abrir um negócio — Marcos abriu um sorrisão. — Não tô dando conta do tanto de serviço.

— Ele estava na frente de casa. — Guto disse. — Quer dinheiro emprestado.

Marcos balançou a cabeça. Começou a recolher as peças do computador do chão.

— Ele insistiu pra falar com você — Guto se justificou.

— Tá com problema? — Marcos perguntou a Lúcio, colocando a chave de fenda dentro de uma gaveta e continuando a arrumação.

— Coisa minha.

Marcos parou com a bacia de pipoca na mão.

— Essa é boa.

— Vai fazer falta?

— É, cara, mas o negócio não é esse — disse Marcos, e sumiu com a bacia para dentro de casa.

— Me diz, vai fazer falta pra vocês? — Lúcio falou mais alto.

Guto fechou a porta do corredor que levava para os quartos, mas logo Marcos voltou e a abriu com força.

— Vai dar não, amizade — Marcos gritou. — Minha namorada está dormindo no quarto. Vai ficar gritando na minha casa? Chega depois de anos já pedindo favor?

Passou pela cabeça de Guto se Lúcio poderia ter cometido algum crime. Olhou para as botas dele, para a calça jeans. Era uma ideia maluca, sem contar que cem reais não resolveriam problema com crime algum, mas Guto não podia deixar de imaginar Lúcio embolando roupas sujas de sangue e saindo com uma trouxa da casa velha, aquele sobrado desbotado na rua 23, Lúcio com uma garrafa quebrada na mão, se aproximando de um cara que tentava se aproveitar de uma mulher em um estacionamento, imagens que anestesiavam a mente de Guto enquanto Marcos sumia e voltava arrumando a sala e Lúcio não se mexia do sofá.

Lúcio esperou Marcos sumir de vista de novo e falou para Guto:

— Teu irmão tentou te incriminar quando foi pego com o Marinho aquela vez. Só pra te ferrar. Nenhum motivo mais. Você sabia?

Guto só ficou olhando, pensando se tinha ouvido errado. Depois se levantou de repente, para ver se Marcos tinha ouvido. Marcos já tinha deixado um cara aleijado uma vez, o Kevin, por causa de nada.

— O sujeito ainda tá aí? — Marcos gritou da cozinha. Na sala, desligou a televisão e ficou encarando Lúcio a dois palmos de distância.

Lúcio disse:

— Marcos, eu preciso desse dinheiro. Não tenho outra pessoa pra pedir. Você pode me emprestar?

— Não posso.

— Cem reais só.

— Não tenho cem reais.

— Dá cinquenta centavos, então — Lúcio falou e riu, e saiu na direção do quintal, esbarrando no portal de madeira e vidro. Marcos e Guto foram atrás. Lúcio caminhou trôpego em direção ao portão, balão solto em corrente de ar. Parou no meio do caminho. Deu um passo para um lado e para o outro. Estacou e se deixou cair de joelhos, ficou colado no gramado seco e ralo.

Marcos sumiu para dentro de casa e voltou tilintando a chave do carro:

— Vou num caixa eletrônico. Chega disso. Que loucura.

Guto observou Lúcio dobrado e inerte sobre o gramado, com os olhos fechados. Estava satisfeito de Lúcio não pedir o dinheiro em nome de uma antiga amizade. Pelo menos não para Guto. Ia ser mal se o cara falasse "a gente era amigo" ou uma coisa assim, depois de ter sempre preferido o irmão dele. Por outro lado, Guto pensou, talvez fosse melhor que Lúcio chorasse. Não dava para se comover com aquele desespero calado no chão do quintal, fazia até lembrar de ocasiões tristes com as mulheres. Guto se sentia mal quando elas choravam, e logo fazia de tudo até que sorrissem de novo. Mas se só gritassem ou reclamassem, o coração dele ficava duro.

Guto não enxergava mais Lúcio. Nem percebeu que Marcos não dera a partida no carro, os pneus não viraram a esquina. Pensou no que Lúcio tinha dito, e pensou que o apelido de Lúcio era Brother, era uma época em que as coisas pareciam mais fáceis, mais alegres, Guto trabalhava o mesmo tanto de hoje, mas ainda tinha esperança de que o trabalho fosse levá-lo a algum lugar. Lembrou de um feriado de Tiradentes, que ele e a namorada passaram com Lúcio e a Mara. Era para Marcos ir, mas ele estava em condicional, não podia sair da cidade. Guto foi no lugar. Tinha sido bom. As mulheres estavam insuportáveis e Lúcio propôs fazer um suingue, mas de briga: Jana brigaria com Lúcio e Mara com Guto. Um arrastaria o outro para dentro do banheiro e reclamaria de ele ter olhado o decote da fulana, de um esquecimento ou uma palavra dura depois daqueles anos todos! Todos riram e riram. Lúcio tinha acertado a quadra uma semana antes e comprado tudo em champanhe. O champanhe era doce, mas deixava o ar suave. Eles acordavam e bebiam, e dormiam bebendo, e não tinham dor de cabeça.

Guto desceu o gramado e gritou para Lúcio dar o fora, escancarando o portão. Lúcio se levantou e se jogou contra Guto. Bateram na grade, mãos agarradas nos braços, joelhos no metal. Uma pancada inesperada acabou com a questão: o skate da adolescência dos irmãos na cabeça de Lúcio, que viu Marcos, o céu cada vez mais preto e nada mais. "Minha Nossa Senhora..." Guto começou a dizer, Marcos mandou calar a boca.

Quando Lúcio se mexeu, Guto deu um passo atrás, Marcos apertou o skate nas mãos, um skate com a lixa gasta e rodas bem pequenas, que não saía do quintal há anos. Lúcio se sentou e levou a mão à boca, estava sangrando. Levantou se apoiando nos joelhos e foi indo embora. Quando chegou na calçada, voltou-se uma vez para olhar Guto e Marcos. Eles o seguiram até o portão, mantendo distância, e de lá viram Lúcio atravessar a rua lateral e sumir.

Se aquilo tivesse acontecido há dez, quinze anos, eles iam rir depois, iam contar a história chorando de tão engraçado que era, lembra quando o Lúcio foi na casa do Marcos pedir dinheiro e falou muito sério que o Marcos odiava o Guto, depois levantou puto e caiu com a fuça na grama do quintal dos caras, o Lúcio ficou deitado lá e o Guto e o Marcos olhando para ele. "Que loucura", eles diriam, mas não. Esse tempo tinha passado. Ninguém achava mais que era amigo de ninguém. Ninguém ia chegar a lugar algum com o trabalho um dia. Ninguém tinha cinquenta centavos para emprestar.

Marcos trancou o portão, Guto o esperou para voltarem juntos para dentro. Guto pensou que o portão não dera problema quando ele mandou Lúcio embora. Ele não ia pagar o portão sozinho, não era justo. Depois entrou no banheiro e chorou. Marcos ligou a televisão e ficou assistindo a um filme dublado ruim. Dava para ouvir do banheiro. Guto foi se juntar a ele e ficaram no sofá até o sol nascer, na tela então vozes de homens falando sobre pesca num programa de domingo.

Quando você volta?

Toda vez que ela voltava para casa era assim: a louça tomando conta da pia, as plantas morrendo de sede, um biquíni embaixo do jeans porque não tinha mais uma calcinha limpa pra usar. Joana levava meses para se recuperar de ter trabalhado numa campanha eleitoral. Era editora de vídeo, e cada ano ficava pior. Desta vez, na agência contratada por um governador que tentava a reeleição, ela quase só saía da ilha de edição para ir ao banheiro, almoçar e jantar. O isolamento lhe rendeu até apelido, de companheira de Robinson Crusoé.

— Ei, Sexta-feira, senta hoje comigo.

O cinegrafista sempre lhe chamava pra sentar junto e falava que era "hoje".

— Vou comer lá em cima mesmo, muita coisa pra fazer. Mas valeu.

Joana recusava na hora, mas sorria depois, no caminho de volta, equilibrando um prato de salada e carne branca numa mão e os talheres com o guardanapo na outra, enquanto subia as escadas até sua sala. Gostaria que Silas a convidasse todos os dias, mas sentia um mal-estar remoto. Era gente legal em volta ou era o fato de estarem convivendo dezesseis horas por dia? Em breve, todos aprenderiam com ou sem adoçante, tirariam da carteira fotos três por quatro de crianças banguelas. As pessoas ficavam mais interessantes quanto mais grana rolava? Os colegas eram profissionais gabaritados que haviam deixado família em São Paulo, Rio de Janeiro, Salvador, para ganhar um dinheirinho de agosto a novembro em cafundós onde a pobreza envolvia candidatos e eleitores. Depois das campanhas bem-sucedidas no currículo, Joana não pegava mais cidades pequenas. Os colegas se tornavam cada vez mais sedutores, carregados de conhecimentos específicos, mistério e dinheiro, em vez de temas para anedotas futuras.

Mesmo desconfiando dessas relações, era difícil não ficar amiga do repórter da vez. Ao contrário do costume, Vito tinha a cabeça e as sobrancelhas grisalhas. Não era mais um jovem bem-vestido e descolado, com master em Comunicação, gravatas Hermès e um flat em Ipanema. Alugado. O velho, não. O velho sabia como tirar as coisas das pessoas. Um dia, avisou Joana para não usar uma entrevista.

— No meio da conversa, a mulher não pega e fala que é prostituta?

Por curiosidade, Joana deixou a fita rodando, depois que acabou o serviço. Já tinha se instalado nela a sensação de que não havia mesmo outra vida fora aquela da campanha e ela não tinha mais pressa de chegar em casa. Quer dizer, agora toda vez ela dizia que "ia para casa" ao se despedir, mas queria dizer hotel, era para o hotel que ela ia. Abriu as janelas e acendeu um cigarro dentro da sala mesmo, enquanto todos os programas estavam sendo encerrados nos computadores ao redor. A prostituta tinha um corpo de vinte anos e usava uma camiseta cortada em tiras com um sutiã preto por baixo. Disse para Vito que não conseguia prestar atenção nas coisas da política por causa dos homens. Há oito anos vivia enrolada com um cara, que conheceu como cliente e por quem depois se apaixonou.

"Então eu fico esperando".

"E ele vem?".

"Só quando quer. Quase nunca, na verdade".

"Mas é dele que você gosta".

"É".

No vídeo, Vito falava sem piedade ou assombro, e ainda assim com um interesse genuíno. Joana quis descer as escadas e procurá-lo na copa ou na sala da produção, mas era tarde, ele já teria ido embora. Ela queria conversar, mas era melhor assim. Ela não saberia mesmo explicar qual era o problema. Enquanto os colegas se orgulhavam por terem se aprimorado nas carreiras, vaidosos de suas técnicas e seus truques, Joana nunca se sentia satisfeita pelo que sabia ou pelo que tinha conquistado na sua área. Precisava constantemente se convencer da necessidade de seu trabalho, estabelecer o valor dele dentro da cidade, do estado, do mundo, do seu tempo, para combater o sentimento constante de que estava no lugar errado fazendo as coisas erradas, gastando-se com preocupações que estavam afastadas da verdadeira vida.

Quem a convidara para trabalhar pela primeira vez tinha sido o chefe mesmo. Jota Júnior tinha despontado no cenário do marketing político há cinco anos e já rivalizava com o marqueteiro mais milionário do Brasil. Joana achava assombroso que o coordenador-geral da campanha e do plano de governo conhecesse mais de iluminação que o iluminador, mais de produção que os produtores, mais de português que o revisor de texto. Já Vito temia de JJ que ele apertasse o cerco contra o adversário e o obrigasse a fazer perguntas que o repórter não gostaria de fazer para nenhuma prostituta, dona de casa, esperando um homem que nunca vem. A maquiadora vegana temia seu olhar por baixo da lente grossa e a voz de fundo do poço, e Silas, o cinegrafista, a possibilidade de demiti-lo a qualquer atraso.

Silas vivia atrasado, oleoso, com o casaco de couro cheirando a cigarro, mas tinha sorte e uma integridade que o destacava dos demais. Era o único que não dava nenhuma risadinha quando o redator-chefe, casado e pai de três filhas, descia as escadas do estúdio com a locutora, dezessete anos mais nova e com um fraco por carecas. As filhas do redator telefonavam toda hora:

"Pai, a mãe falou que aí tem araras na rua, é verdade?".

"Pai, a Laura mordeu o dentista!".

"Pai, estou com saudade! Quando você volta?!".

Todo mundo se enternecia um pouco com os colegas, com isso de terem deixado pessoas pra trás. Com isso de serem bons profissionais. Com o fato de sonharem usar o dinheiro da campanha para comprar uma casa na Serra da Mantiqueira, onde os sabiás iriam comer mamão de manhãzinha. Mas ao mesmo tempo em que tudo enternecia, tudo nauseava, enfiado junto em uma grande betoneira onde se misturavam, de forma indissolúvel, o certo e o errado, a verdade e a mentira.

Os publicitários, postos na parede de invejosos nos churrascos de domingo, diziam: é ou não necessário se comunicar? Não havia um plano de governo para ser partilhado, discutido, posto em reflexão? Não era necessário pensar formas ousadas, até honestas, desafiadoras de fazer isso? Mas havia as verdades de Schmitt, as derrotas da vitória, as origens do dinheiro, o emprego do talento, as dúvidas de alcova, as covas de leões. E ninguém ali estava ficando mais novo.

Todos tinham saudade.

Quando você volta?!

Joana, quando tinha vinte e cinco anos, montara uma produtora de vídeo experimental que se mantinha pelos casamentos que filmava, mas não eram vídeos de casamento comuns, em que os noivos entravam na igreja sorrindo em preto e branco, os padrinhos desejavam "tudo de bom", a trilha sonora podia ser encontrada nas prateleiras de sucessos da telenovela. Eram pequenos documentários que abordavam amigos e parentes, sonhos e esperanças e histórias que eram sentimentais por terem acontecido com a força de uma porrada no estômago daqueles homens e mulheres, e não por estarem em câmera lenta com uma música pop romântica por cima. Ela entrevistava o casal antes e depois, relembravam músicas importantes juntos, faziam conexões inesperadas entre acontecimentos e pessoas que os fizeram estar ali e escolher aquele vestido, aquele buquê, aquele padrinho.

Ela contou isso para Vito, ele pediu:

— Então, se eu me casar, você vai gravar a cerimônia.

Vito tinha sessenta e dois anos. Trabalhara em vários jornais e assessorias e emissoras de rádio e televisão, sob diferentes governos, em diversas funções. Ainda lia o Diário Oficial, do estado e da união, como se fossem um romance de capa e espada. Blasfemava contra decretos, normas, portarias, contratações, levando vez ou outra algum redator publicitário por perto a concordar timidamente.

— É, realmente, que absurdo, né?

Pois é.

Vito não se importava que ninguém ali soubesse nada da sua trajetória nem de sua arte, mas às vezes parecia velho e cansado, como gente que gasta todo o tempo livre saindo para se divertir. Gente que só trabalha por causa do dinheiro. Joana tinha energia, mas se gastava nela mesma. Não sabia o que devia aceitar e o que devia entender, não sabia dizer quem era o culpado de sua revolta. Algo estava fora do lugar, então fazia cinco anos que ela passava de uma campanha a outra, sempre do lado de quem ganhava, sem saber como assumir a responsabilidade por isso, envergonhada e furiosa como uma ex-revolucionária. Por isso, quando ia tomar café, Joana espiava do corredor a sala dos motoristas. Se tivesse sorte, avistava Silas. Ele ria alto, mordia um sanduíche com mortadela, prestava atenção à televisão. Depois, naqueles instantes em que tudo se suspendia e Joana ouvia até o vento se mexer, ela pensava em correr até ele e apertá-lo contra a parede em qualquer canto entre sua solidão e a salvação do corpo no corpo do outro. O corpo ungido. Conhecendo essa mágica de anos, em vez disso ela estava indo embora no táxi, vendo pelo vidro as luzes da cidade e os longos cabelos cacheados caindo sobre o rosto, seus longos cabelos para nada.

— Hotel Jandaia, por favor.

A única coisa boa dos estados de exceção eram as festas. Desta vez, o candidato subira três pontos nas intenções de voto em uma semana. Para comemorar, a diretora de televisão tinha arranjado de beber, comer e dançar na casa de uma dessas amigas locais com um jardim imenso. Na entrada, adolescentes uniformizadas apanhavam bolsas e jaquetas, substituindo-as por coquetéis com guarda-chuvas. A casa cheirava à grama cortada e Chanel nº 5. Nesta aura, até o assistente de designer gráfico parecia brilhar, em vez de trazer a cara de quem tinha passado o dia fazendo dégradé em santinhos, colando números e branqueando sorrisos amarelos.

Para Joana, o ar estava mais carregado de eletricidade porque Silas aparecia e desaparecia dos ambientes. Ela achava que ele tinha ido embora e a conversa ficava menos interessante.

Depois o redescobria lá fora pegando mais uma cerveja no freezer. Joana nem precisava falar com ele, só gostaria de poder ficar durante toda a noite sob o efeito daquela presença como se estivesse bêbada de Silas. Ela gostava de ter dúvidas sobre se ele estaria na festa por causa da bebida de graça, mas quando eles finalmente se encontraram sozinhos e ela o cumprimentou, "Olha só, você numa festa", Silas respondeu que era o que ele podia tentar depois te tê-la convidado para almoçar tantas vezes sem sucesso.

Ele não desviou o olhar e Joana perguntou se ele queria sair. Caminharam sem se olhar, até avistarem a porta e saírem correndo até lá fora, rindo, na rua. De longe, ouviam-se os gritos de Vito, que tinha tomado vinho, uísque, champanhe e conhaque. Tentava jogar o redator na piscina, mas estavam os dois velhos e intoxicados, lutando para conseguir manter a posição vertical.

Silas e Joana foram para um motel num lugar bem alto, com uma boa vista da cidade. Silas apontou a direção de uma torre de alvenaria, era a tevê em que ele trabalhava antes. Falou dos córregos onde os primeiros colonizadores chegaram. Mostrou uma casa miúda à Noroeste, entre dois prédios iluminados, é onde morava o melhor amigo que morreu num acidente. Silas ainda sonha com ele às vezes, mas sempre na versão infantil, não na idade que ele tinha quando bateu a moto. Dali, ficaram vendo o pátio escuro da casa, onde só se podia imaginar o cachorro, o varal, as tralhas de uma família que Silas nunca quis revisitar.

Joana e Silas não saíram do hotel também no dia seguinte, uma das raras folgas longas de trabalho. Cantaram músicas preferidas um para o outro e aproveitaram a piscina morna até ficarem com dedos de ameixa.

Na segunda-feira, Silas viajou para Sidrolândia para cobrir um comício e eles só se viram dois dias depois, no almoço.

Joana levou o prato para a mesa dele, mas logo um produtor colocou sobre a toalha um terceiro volume, transbordando de estrogonofe e batata palha.

— Sexta-feira, hoje você vai ter que socializar. Está chegando aí o nosso futuro governador.

Joana desencostou os joelhos de Silas e suspirou, involuntariamente teatral. Pelo alvoroço no corredor, dava para ver que o candidato estava mesmo chegando.

— Quer tomar um café mais tarde? Fazer alguma coisa? — perguntou Silas.

— Estou atolada de trampo, mas valeu.

Ele não entendia nada, e nem Joana. Ela só sabia que não havia nada a fazer e nem lugar para ir. Sexta-feira subia as escadas e se encontrava com sua bela companhia de almoço: uma mulata sorridente, cabelo pixaim hidratado, que errara três vezes o texto. "Você sabia que, em três anos na prefeitura, Luiz Henrique aumentou a arrecadação em 0,7 por cento?".

Você sabia?

Joana também não estava ficando mais nova. Parecia que tinha chegado mesmo no ponto de parar, mas não sabia bem o que fazer. Não era em tirar férias que ela tinha aprendido a ser boa. Criara uma intolerância àquele trabalho e ao mesmo tempo não havia nada que queria começar ou recomeçar, como nessas notícias sobre engenheiros quarentões que viravam bailarinos. Quando terminou a campanha retrasada, sentiu que precisava repensar o que fazia. Na passada, foi pior, porque sentiu que tinha que repensar o que fazia, só que um ano para trás. Quando pegava aquele dinheiro, era para calar a noite inteira.

Desta vez, a melancolia era diminuída para dar lugar ao suspense em saber se um dia ia receber tudo porque o candidato estava ferrado, estava envolvido em esquemas de corrupção que se evidenciaram durante a campanha adversária, ameaçado até de entrar em cana. Nesta vez, o chefão a chamou em sua sala, não a esperou sentar e jogou o envelope pardo com a grana na sua frente:

— Gasta com porcaria que é dinheiro maldito.

Joana pegou o envelope e hesitou entre ir embora sem olhar para trás ou se despedir de todos com beijos, abraços e convites de viagens para conhecer paisagens no nordeste, filhos, maridos e esposas que nunca seriam conhecidos. Mas não tinha muita gente por ali, cada um aparecia quando era chamado para pegar o seu dinheiro. A campanha acabara.

Joana decidiu apenas ligar para o táxi. A recepção estava abandonada. Tinham levado até as listas telefônicas. Discou. Assim que informou o endereço, percebeu Silas na sala. Ao vê-la no telefone, voltou-se para dentro. Decerto não esperava que Joana fosse embora sem se despedir e agora era um cara ferido, que preferia não ter nada a ter menos do que devia ter tido.

Joana foi encontrá-lo na copa. Ele tinha trancado a porta. Olharam-se pelo vidro. Ela forçou o trinco, mas ele a mandou embora, articulando com minúcia um "tchau".

Joana já tinha sido Silas antes. A pessoa desafortunada que ia raciocinar depois por que, mesmo sem acreditar em porquês. Ia contabilizar conjunturas, reinterpretar gestos e palavras, num cálculo onde o que estava errado não era a resposta, mas a própria proposta da equação. Tudo estava errado.

— Vai logo, some — ele gritou detrás do vidro.

Joana antes achava que o melhor era falar, sempre falar, mas descobriu que isso não ia impedir o outro de sofrer. Se fosse para dizer a verdade, podia contar que era casada com um homem incrível. Que o telefone que ela lhe passara há mais de um mês e que ele discaria afoito quando o táxi sumisse na esquina era da prostituta entrevistada por Vito. Joana nem sabia direito por que anotou aquele telefone. Talvez tivesse querido um pouco daquela conversa tão franca e disponível que ouvira entre Vito e ela, essa mulher sofrendo por causa de amor e falando sem reserva para um jornalista que tinha acabado de colocar uma câmera e uma luz na cara dela, para fazer propaganda de um político. Depois, entregara esse telefone para Silas no começo da campanha, numa noite que achara que ele só queria trepar. Não era engraçado, dar o telefone de uma prostituta para um cara que queria sexo? Eles não tinham saído uma segunda vez, não tinham compromissos. Mas de que adiantaria falar? Tudo era verdade e mesmo assim não queria dizer muito. Se ela tivesse dado o telefone da casa dela, o que ia acontecer era que o marido ia atender, Silas ia desligar, Joana nem precisaria ler duas vezes a frase de um livro, não usaria o controle para voltar a cena do filme, não interromperia o que estivesse fazendo para pensar naquela história. Seria melhor assim?

Joana foi embora no táxi sem olhar para trás, quis despedir-se de todos com beijos e abraços e convites e desculpas, e ter um filho, e se matar, e ter um filho, e morrer.

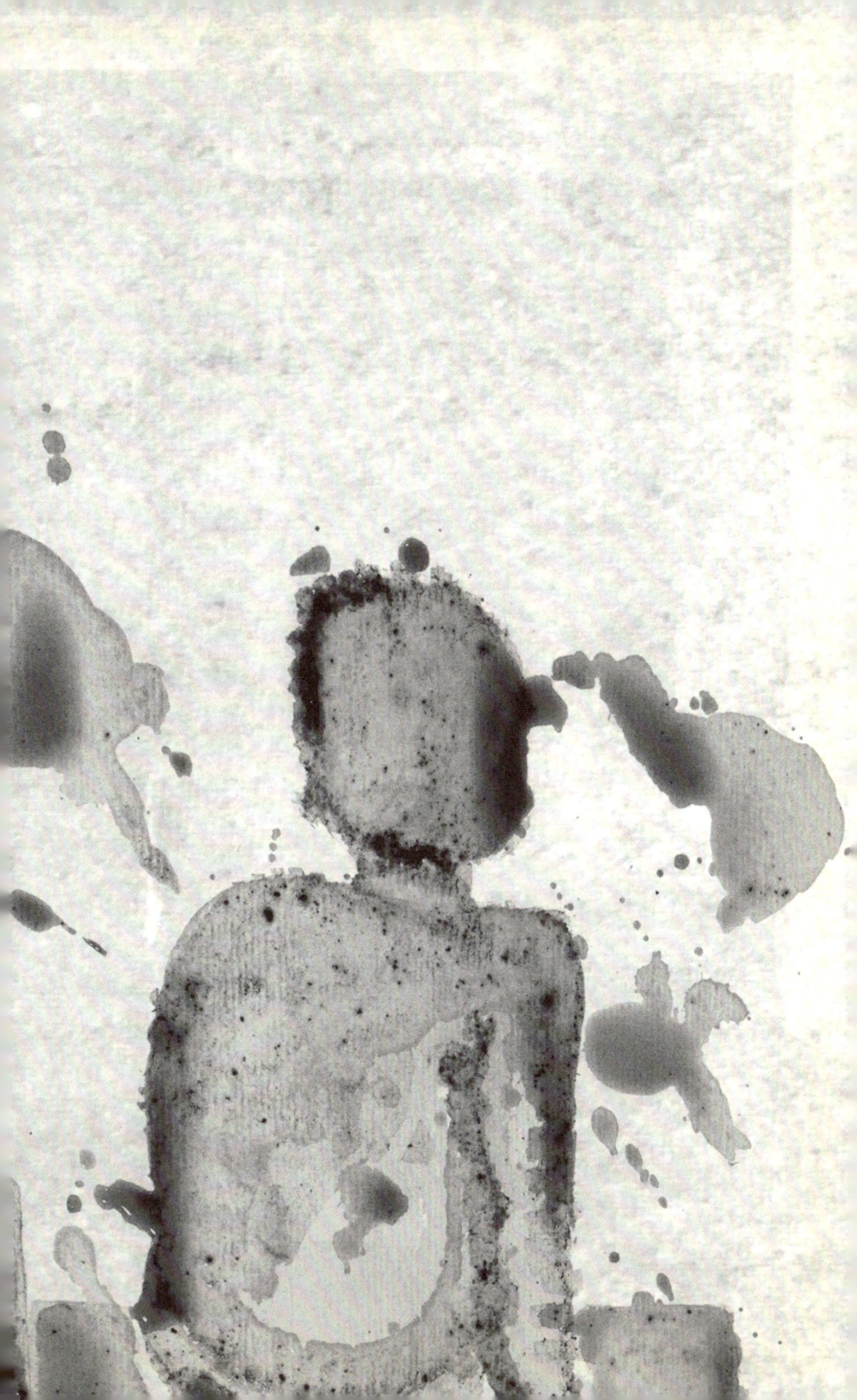

A reconstrução

O homem está ajoelhado na banheira de água quente. O vapor sobe da cuba de louça branca, instalada no centro da sala como antigamente. Ele se debruça para alcançar a navalha no chão e volta a sentar sobre os joelhos. Apesar do silêncio, a mulher no sofá ao lado dele está vendo televisão. Com atenção, é possível ouvir as vozes baixas e agitadas ecoando dos minifones na orelha dela. O ruído é recoberto pelo gemido rouco do homem, que depois se deita com as costas apoiadas na banheira. A água sobe até o peito. Ele recosta a cabeça na borda, molhando a ponta dos cabelos pretos. A água vai mudando de cor.

Larzo se mantém a dez passos da banheira. O orientador tinha sido enfático na instrução de evitar a curiosidade mórbida. Larzo se lembra de salvar o procedimento até ali, descrevendo a localização de seu corpo no cenário da reconstrução. Ele pede a criação de um memorial total dos sentidos físicos, incluindo audição, tato, olfato, paladar e visão. No item sentidos da mente, o único a completar de forma manual, ele marca CM, curiosidade mórbida, no ponto em que o seu progenitor apertou a lâmina contra o corpo para dentro da banheira, onde Larzo não podia enxergar.

Agora o homem também vai mudando de cor. Fica mais claro, diferente. Um pouco vago. Os olhos, ainda abertos, também ficam um pouco vagos. A água está rosa.

Larzo se aproxima da mulher que vê televisão. Ele se lembra de olhar para as pernas brancas dela, expostas no short jeans desfiado. Estava numa idade em que a sexualidade antiga já podia ser estimulada, o orientador tinha dito. Ele ia registrar no item mente que não sentira nada pelas coxas da progenitora, mas o som de um assovio se elevou e se misturou à fechadura da porta se abrindo. Uma velha entrou, fazendo barulho com uma dúzia de sacolas e a saia comprida, cintilante, que se agitava por cima de um coturno preto. Então aquela era sua avó. Tinha cabelos pintados de azul muito escuro, presos num coque no topo da cabeça. Ela parou de cantar ao ver o filho na banheira. Acomodou os pacotes no chão e foi até ele.

Nas reconstruções, os alunos não deveriam voltar tão longe no passado a ponto de não obterem identificação nem empatia com as cenas escolhidas. Tampouco deveriam ficar próximos demais de seu próprio tempo, a ponto das cenas parecerem quase uma repetição da vida. Por isso Larzo se sentiu privilegiado, até esperto, por poder escolher a avó como o foco da reconstrução. Essa geração ainda podia ter resquícios das emoções antigas. A avó tinha deixado os pacotes no canto e caminhado até a banheira. Encostou a cabeça na bochecha do filho. Ficou ali, parada, setenta segundos. A avó também teria curiosidade mórbida de saber como era a pele dele perdendo calor, tépida e úmida do banho? A avó chamou os limpadores pelo pulsar e pediu para retirarem um corpo no Prédio Oito, do segundo departamento. Eles iam achar fácil, não tinha mais apartamentos ocupados naquele prédio além do dela.

— Muito obrigada — a avó disse antes de desligar.
Ela se agachou perto da mãe, que tirou os fones para escutá-la. A avó disse:
— Quero preparar uma coisa especial para comermos juntas. Deseja algo?
A mãe demorou, mas disse:
— Pão? Acho.
— O que você quiser comer — a avó disse, colocando uma música para tocar.
Larzo seguiu a velha até a despensa e depois até o quarto. O bebê estava dormindo. Larzo olhou para si mesmo, onze anos atrás. O som da campainha não acordou o segundo Larzo, mas chamou a atenção da avó. Eram os limpadores. Larzo encerrou a reconstrução, não ia extrair mais nada dela. Tinha ficado ali duas horas e onze minutos. Deu-se por satisfeito.
Chamou Fannys no pulsar. Ela tinha deixado no modo exposto e dava pra vê-la fazendo uma reconstrução também, no aeroporto de Carrasco, antigo Uruguai, em 2061. Eles eram colegas, então aquilo devia ser o exercício de sentimento dela. Larzo se teletransportou até lá e perguntou se podia se juntar. Ela encerrou a reconstrução, não estava tendo sucesso mesmo, mas sugeriu que continuassem no cenário. Eles se sentaram num bistrô vidrado, suspenso no meio da pista de pouso. Fannys sugeriu que eles tomassem café de verdade. Larzo demorou para responder. Ela disse:
— Eu sei que é proibido.
— Ah, sim, o café era legalizado e acessível, é verdade. Isso foi até quando?
— Não — disse Fannys. — Eu sei que é proibido ingerir substâncias do mundo reconstruído.
— É que atrapalha a reconstrução — disse Larzo.
— Se você preferir, eu não tomo.

Os dois concordaram que só de olhar já era curioso. As pessoas do passado jogavam água fervente sobre o pó marrom, serviam o líquido fumegante numa xícara e tomavam na frente de qualquer um. Fannys tivera um irmão viciado, que assistira muitas vezes tapando as frestas das janelas e jogando perfume ou acendendo incensos para que ninguém sentisse o cheiro do pó coado. Era mais difícil de esconder, mas, segundo ele, era o melhor jeito de tomar. Larzo disse que talvez tivesse curiosidade de provar o café em outro momento, mas estava levando a sério a reconstrução dessa vez. Não sabia por que, mas tinha ficado um pouco interessado na última tarefa.

— O que você tentou? — ele perguntou para Fannys.

Fannys contou que estava tentando chorar. Veio até o aeroporto porque verificou que a avó era pilota. Nesse dia, a avó fora contemplada no consórcio de bebês rejeitados pelos pais. Como a adoção de uma criança, ainda mais um recém-nascido, era um dos gestos mais inexplicáveis e não-passivos já naquela época, Fannys cogitou que a avó poderia ter ficado emocionada nesse dia. O dia em que adotara a mãe de Fannys. Ela então tentou acompanhar a avó por toda a manhã, mas não tinha encontrado nada que pudesse afetá-la. Quando Larzo pulsou, Fannys já tinha desistido da avó e estava tentando apenas aproveitar o cenário da reconstrução para exercícios sentimentalistas. Foi até o guichê e ensaiou dizer ao atendente de uma das companhias, cuja falta de reação, por não vê-la ou ouvi-la, poderia fazer Fannys sentir-se ainda mais só:

— Senhor, minha mala não veio e eu não tenho mais nada, roupas, livros, perfumes, tudo que eu tinha está perdido. O senhor não vai fazer nada?!

Fannys franzira os olhos e a boca, aprendera que manipular o corpo ajudava a conduzir a mente, mas logo começava a rir. "Senhor, minha mala não veio e eu não tenho mais nada, faça algo!'". Impossível levar a sério. Fannys não conseguia entender o homem primitivo.

Larzo se levantou e disse para Fannys, com o rosto desfigurado:
— Eu não consigo sentir nada. Fannys, estou tão vazio e triste!

Os dois ficaram se olhando com tristeza, pois isso também ajudava, chamava-se empatia espelhada, mas não foram muito longe no exercício: as bocas se torceram e os dois riram juntos e alto.

Aquilo era bom. Fannys e Larzo anotaram nesse ponto da reconstrução que tinham rido junto com outro ser humano, para analisar depois. A aterrissagem de um avião fez com que os vidros do bistrô tremessem, em luzes azuis e amarelas.

— E você, Larzo? — Fannys se lembrou de perguntar. — O que você fez?

Larzo tinha feito uma reconstrução incrivelmente boa, que podia servir para as cadeiras de História Antiga, Sentimentos Humanos e Sociologia. O sucesso da tarefa gerou a satisfação recessiva que incentivava a continuação, ele quis aproveitar isso antes que se esvaísse. Tinha ligado para Fannys porque teve a ideia de cruzar o exercício do instinto gregário com o estímulo da sexualidade.

Ao pronunciar as palavras, Larzo se deu conta de que a animação por ter ido bem no exercício o fizera se desconcentrar. Isso era um bom ou mau sinal, Larzo se perguntou. O fato é que ele errara ao dizer para Fannys que queria fazer também o estímulo da sexualidade, pois o seu orientador dissera que, nesse caso, a abordagem direta era menos eficiente que a abordagem velada. Fannys parecia saber disso, pois falou que algumas mulheres gostavam diferente.

— Você sabia no que eu estava pensando sem eu dizer — disse Larzo. — Você é inteligente.

— Talvez eu só seja mais velha.
Fannys tinha até pequenas marcas no canto dos olhos. Ele tinha conseguido ver nas poucas vezes em que a viu sorrir, mas não sabia se o desejo de observar as rugas de Fannys era atração recessiva ou curiosidade mórbida.
— O que você quer fazer? — perguntou Fannys.
— Não sei. Vamos procurar algo aqui mesmo.

Depois de uma hora, Fannys e Larzo chegaram juntos a uma boa observação sobre os procedimentos metodológicos para vislumbrar na contemporaneidade a experiência do sentimento antigo. Examinar casais apaixonados era uma pista falsa. Embora o ápice da sentimentalidade parecesse a primeira opção a ser investigada, casais apaixonados eram distantes demais do presente para qualquer exercício de empatia espelhada, incapazes de estimular o mimetismo emocional. Faziam coisas absurdas, irracionais, incompreensíveis, fisicamente impensáveis. Produzir o aceleramento do batimento cardíaco com a visualização do nome de uma pessoa na assinatura de uma mensagem ou de um pulsar, por exemplo. Era algo tão incrível, quase sobrenatural, que fora considerado lenda até o surgimento das reconstruções. Antes, o consenso científico acreditava que os propalados efeitos dos sentimentos eram mistificação, instrumento do discurso dos tradicionalistas para convencer a população da potência prática dos sentimentos e do humanismo tradicional.

Larzo estava contente só de ter chegado a esse resultado, uma ótima observação, e estava prestes a se despedir de Fannys, quando viram um casal sentado, a sós, nos bancos de espera em frente à pista de pouso.

Era um cenário familiar, e isso era incomum.

Fannys disse que poderia ser a falta de pessoas, a amplidão do espaço. Larzo estava tentando estimular todos os elementos da psique antiga, inclusive a intuição, e achou que a cena tinha algo a mais. Apesar de quase não haver informações em episódios de história anônima, Fannys rastreou mensagens e registros do pulsar dos dois.

— Quer ouvir o último pulsar registrado? Acho que eles estão terminando o namoro.

Larzo refletiu que eles poderiam gerar um bom exercício de reconstrução para a tarefa, pois o rapaz e a moça eram jovens (força de empatia V), de uma idade entre a de Larzo e Fannys (força III), eram bonitos e limpos (força de IV a V). Fannys observou que o casal estava junto há um período longo no contexto temporal em que estavam inseridos, tinham começado a namorar há dois anos.

Larzo e Fannys se entreolharam. Era óbvio. Era com os amantes tristes do passado que eles podiam dialogar emocionalmente. Casais se separando, com saudade de algo pouco específico, muita melancolia, vontade de estar junto oscilante, fragilidade e dúvida. Fannys e Larzo se sentaram do outro lado dos bancos. À distância, observaram a moça fitando os sapatos. O rapaz olhava os aviões estacionados. Perguntas estranhas, poucas falas. Imitando o corpo deles, Fannys e Larzo sentiram o impulso de dar as mãos. Quando um novo avião aterrissou e a voz no alto-falante anunciou o embarque do rapaz, Larzo e Fannys desfizeram o enlace. Larzo falou:

— Foi bom.

— Foi ótimo — Fannys disse.

— Vamos fazer algo de novo qualquer dia — Larzo se lembrou de dizer a Fannys, imitando o que se falava antigamente.

Apareceram vários riscos no final dos olhos de Fannys. Ela se lembrou de abanar para se despedir.

Larzo tinha muitas coisas para anotar, mas estranhamente sentiu vontade de ficar ali, na reconstrução de Fannys, então ficou. Teve a ideia de ir até o free shop pegar uma garrafa entre bebidas chamadas Jose Cuervo, J&B, Baileys, que ele não sabia o que eram, mas que estimulavam o sentimentalismo irracional e poderiam até diminuir a consciência de que ingerir substâncias do mundo reconstruído diminuía a precisão da reconstrução. No caminho de volta até os bancos, com a garganta reclamando daquele sabor igualmente irracional, Larzo refletiu que nunca tinha estado presente em uma reconstrução como se ela fosse a vida, o presente mesmo, e não o passado reconstruído. Era a primeira vez que ele tinha se encaixado no presente como tinha encaixado a mão na de Fannys, e Larzo sentiu um pouco de saudade desse momento, embora soubesse que isso não seria suficiente para gerar a vontade de repetição. Ter saudade era bom, porque era raro e significava algo irracional, e ele iria apresentar esse elemento ao orientador junto de seu memorial descritivo. Mas também era um pouco ruim, estranho e vago como os olhos que Larzo tinha visto mais cedo. Larzo ficou sentado num dos bancos até o sol filtrado pelo vidro diminuir sobre o carpete, as marcas da sombra cada vez maiores.

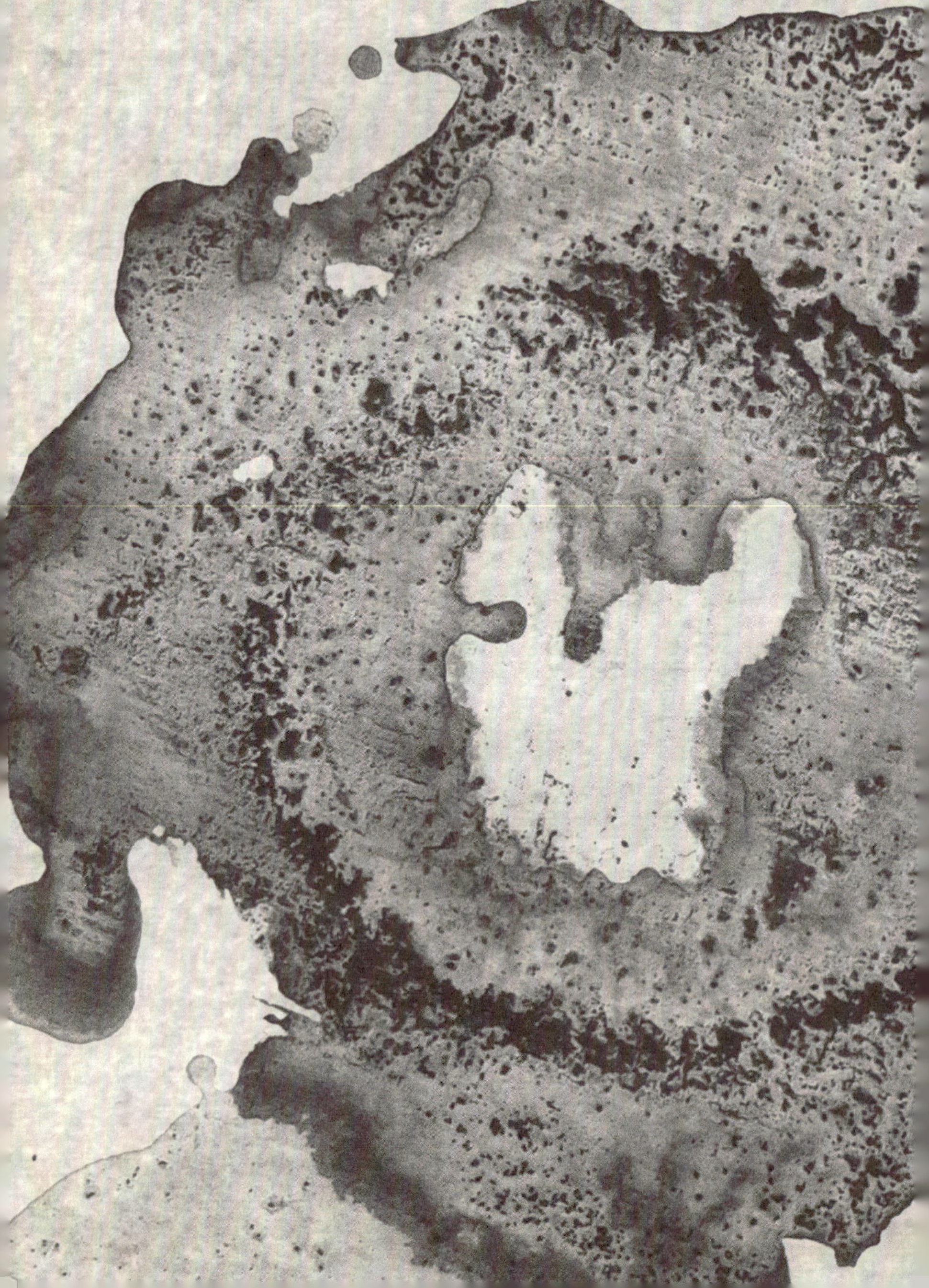

DERRAMADO

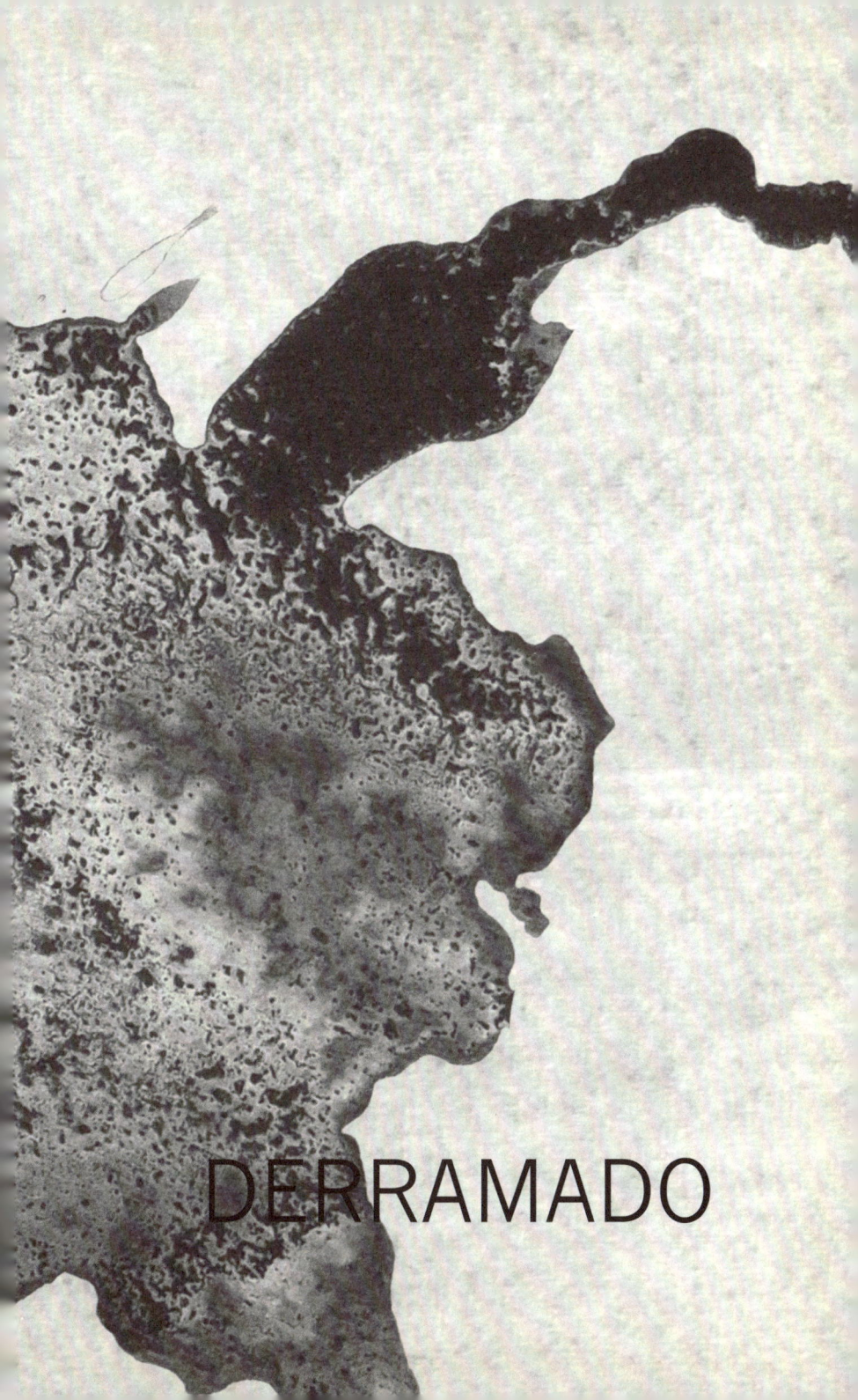

Água

Poderia ser Luís jogando fliperama no convés, com uma mochila no ombro e uma sacola de viagem no chão? Marina vislumbrou a silhueta de longe, logo que atravessou a passarela, informada pelo cheiro das nuvens e por dois rapazes que conversavam sentados na guia, perto da orla do rio. Poderia ser Luís. Ela gostaria que fosse. À esquerda dele, haveria até uma adolescente de cabelo queimado, que o assistiria, absorta, acabar com a raça de um brutamonte verde. Respirando forte, um cavalo ferido, Marina queria invadir a cena e gritar: "Você está ficando louco?!", mas a olhariam como se fosse ela a pirada, examinada num julgamento mais fulminante que um infarto, os cabelos revoltos e a calça de pijama, uma desequilibrada, a louca. Então ela se aproxima do barco um passo de cada vez, como se os pés não estivessem pendurados em pernas bambas, foram as pernas que tinham se mexido primeiro em todo o corpo. Moveram-se por dentro, derretidas num calor que as consumiu e apagou sua escora, a mão e o joelho de Marina apoiando-se no colchão, no momento em que ela viu as sapatilhas sozinhas no piso do quarto e descobriu que também a bagagem de Luís sumira, enquanto ela tomava banho. De perto não dá para deixar de tremer na voz, mas é possível perguntar como se fosse uma grande piada se ele vai mesmo deixá-la em plena lua de mel nessa praia de pescadores onde ela não conhece nada nem ninguém. A menina ruiva se afasta devagar. A música repetitiva, mesmerizante do jogo se destaca, um convite de máquina. O que Luís podia dizer? Que nem sabe por onde começar. Sente muito que só tenha decidido agora. Fala que é para o bem dos dois. Ele vai embora, mas para amá-la melhor. "Como um bom incêndio é o que queima melhor", ele diz.

Marina sabia. Seus pesadelos estavam cientes, até suas preferências cinematográficas nos últimos anos suspeitavam que Luís poderia sair pela porta depois de muito pensar e pouco concluir. Ela quase podia vê-lo, numa cadeira ou em pé no corredor, espremido na dúvida, relembrando dos animais acuados o imperativo da ação como resposta. Atravessar a rua correndo, segurar a maçaneta, escrever um bilhete de adeus era algo claro, era algo simples. Era, de certa maneira, uma vitória. O movimento ajuda a tirar o abismo da frente, Marina sabe, então também ela sai pela avenida, descobre o cais, atravessa a passarela e invade o barco, modela com a boca os miasmas da noite, ele ia mesmo d e i x á - l a em plenaluademel? "Nada", "ninguém"?, ela se aproxima de Luís.

Ele dá um passo para trás, ela estende a palma. A voz, fechada dentro de Luís, quase não sai:

— O quê?

— Ficha. Dá uma ficha.

Os pedidos de Marina. O piscar dos cílios dela, os mamilos duros nos engarrafamentos, o sarcasmo de Marina. Todos movimentos sinuosos, obscuros, arrogantes em sua sabedoria autêntica, da qual às vezes se desprendia um vago cheiro de manipulação.

Em vez de enfiar a ficha na ranhura e liberar a música de abertura de sua repetição infindável, ela apoia a mão na máquina e abaixa a cabeça. Contrai os lábios para segurar o choro porque ele saiu sem avisar e ela andou pelas ruas sem saber se o encontraria, lendo acidentes na buzina dos carros.

— Covarde.

Quando Luís despertou de uma levantada, com tais movimentos precisos que a cama era como se ninguém nela tivesse deitado, quando colocou a alça da sacola no ombro, sem macular com uma aspereza de poliéster o som abafado escorrendo no banheiro, ele não sabia que estava indo embora ou que não ia avisá-la. Luís segurara a porta com o pé para passar, ouvira a água quente e a amortecera pela segunda vez ao cerrar o quarto e partir pelo corredor, com aquele breu no oco do cérebro que não permitia que ele fosse realmente responsabilizado, comprometido pela mulher aflita e incapaz que horas mais tarde compraria, no mesmo estabelecimento, uma passagem de volta e uma barra de cereais escolhida pela falta de sabor. Mas uma coisa que Luís sabia era que, se da porta Marina saísse com um breve sorriso de cumprimento e a única preocupação de alcançar o vestido a substituir o roupão branco, ele não poderia falar mais nada.

O fliperama começou a conversar, Marina iniciava um jogo. Fez a mesma opção desfavorável e orgulhosa dos seus treze anos, quando frequentava a Brinks, uma casa de jogos na rua 13 de maio, e era uma camiseta de colégio, calça jeans e all-star no meio de muitas camisetas de colégio, calças jeans e all-star, exigindo sua vez em meio aos meninos, aos risos dos meninos que eram de prazer e de chacota. De novo, escolhe a Chun Li, e da bandeira da China um avião traça uma reta até a U.R.S.S.

— Pra cima, pra cima! — Luís grita.

Marina olha feio para ele, Luís ri.

O problema, Marina pensava, não era a dúvida. Ela não ia dizer que não era difícil engolir, porque era difícil engolir. Mas, em vinte e sete anos, sua vida não tinha sido nenhuma festinha. Já tinha traído, sido traída, sido trocada por uma melhor amiga. Já tinha namorado quatro anos com um homem que, num aniversário, deu a ela a oportunidade de arranjar uma festa surpresa, prevendo que chegaria tarde e cansado e muito disposto a comemorar mais tarde, no fim de semana — e a fase finalmente boa que viviam na época foi vista como a ocasião de manifestar toda a dedicação que ela tinha por ele, pondo em marcha um roteiro envolvendo familiares, chaveiros, aluguéis de toalhas e a reunião de amigos que há muito não se viam. Três desses amigos, músicos de fim de semana, ensaiaram a apresentação única da suposta canção preferida dele, os amigos músicos cujas mãos ficaram paralisadas na cintura do violão, grudadas no metal do trompete quando a maçaneta girou, o interruptor de luz deu o clique, e o homem chegava ao lar acompanhado de uma loira alta demais, num vestido que deixava ver a lingerie rajada, babados cor de laranja.

— Filho da mãe — Marina gritou, o corpo de Chun Li quicando sobre a própria sombra no chão do estaleiro.

Luís deu o sorriso de que videogame era assim mesmo, e como era assim mesmo o videogame, movido à mais diminuta e vital migalha da insistência, ela parou de negligenciar a questão que os reunia naquela plataforma. Marina disse a ele, finalmente, nessas palavras, que se o cara não tinha vontade, ela não podia pedir o que ele não tinha. Se o cara hesitava em oferecer até a parte mais molhada do macarrão na hora do jantar, ela não podia pedir o que ele não tinha. Se o cara não sabia o que queria, se não estava feliz, se preferia sabe-se lá o quê sem ela, tudo isso era só a continuação de um parto bem-sucedido, não era culpa de ninguém. O que ela não conseguia ultrapassar era ele não ter falado com ela, não ter falado nada. Que mundo triste era aquele, ela disse, em que era negado um consolo já tão pequeno? Que mundo mais triste era aquele, ela repetiu.

— O egoísmo de você fugir desse jeito, me deixando presa na coisa mal-resolvida, sem saber o que aconteceu, ia ficar sempre pairando como marca de deslealdade, como mostra de que não havia mesmo nada...

Marina estava falando alto demais, falou mais baixo:

— De que não há nada...

— De bom — disse Luís.

— De bom, é — ela disse.

As calças de Marina eram de moletom, como as que usava em casa e para dormir, mas o cabelo passara pelo secador e os olhos tinham a moldura molhada do rímel. Luís queria poder virar de costas e não ver essa mulher que tinha ficado bonita para ir atrás de um cafajeste, mas não pode, fica de lado, olhando para a noite. Espera que Marina continue, mas ela não dissipa a força das suas palavras. Não faz um discurso, com bijuterias de inteligência que a fariam substituir uma reivindicação magnânima pela vaidade banal de estar com a razão. Luís deixa então a ressaca no casco do navio e os ruídos do bar atravessarem aquele lugar, confuso, de culpa e admiração por uma mulher com o indicador apontado para o centro da sua camisa.

— Vou pegar uma bebida pra gente — ele diz.

Era bom golpear o Zangief, o Dhalsim, o Blanka, o Ken, era bom apertar aqueles botões com tão completa obstinação, mas quando Luís saiu, tudo foi levado com ele. O fliperama, o jogo, o cais e até o mar se levantaram e evanesceram, sem nada por baixo, como se tivessem puxado o lençol que cobre o fantasma. Ela percebe como é este homem que sustenta o universo, porque é este homem que ela quer mais que tudo o mais, e se ele não voltar, segurando a si mesmo num receptáculo sem tampa, sem fundo e sem asa, pelo qual se bebe a substância líquida, incolor, insípida, inodora e essencial... a atividade recreativa e genérica que ela chama vida se desfará lentamente em grosseiros pixels.

— Seria absurdo, Marina, imaginar que se a gente interrompesse, se a gente não gastasse o que ainda sobrou de interesse, restaria algo para quando a gente já tivesse vivido mais e aprendido a amar melhor?

De volta, a voz de Luís inunda o ar e quase não se acredita — é a voz que de repente se perdera, levando tudo com ela? Essa voz precisa continuar para ser ouvida, entendida, acreditada, e por isso ela o ouve dizer:

— Será sacanagem, Marina, eu fiquei pensando, se eu ir embora do hotel sem explicar nada podia ser uma armadilha da minha cabeça para depois de um tempo a gente ter que voltar, ter que colocar as coisas a limpo?

Depois de um tempo, ele a encontraria exalando vida, casca de fruta arranhada, e ele frágil sem saber se ela o perdoaria, se estaria com outro, se o amaria, frágil como os homens que podem começar a ouvir a Deus, e eles poderiam começar de novo, se apaixonar, de certa maneira. De novo. É o que ele diz.

Achando que ele está louco e vendo-o prestes a ir embora, Marina começa a amá-lo demais. Ama nele a força por trás da magreza. A resistência na camiseta desbotada — a roupa que ele tem há tanto tempo e que permanece não só no armário, mas no próprio corpo, nesta juventude que não se extingue com a idade. Marina ama nele o desejo dele e tudo que é indireto, pois uma mulher que foi deixada durante o banho sem um bilhete é alguém que aprende a se alimentar até de cascavéis — transformando-se num paladar de guerra abrangente e irrecuperável, que sente muito e muito pouco. Por causa desse paladar avariado, também, Marina não pode prever o golpe que vem sobre ela, logo depois de ouvir de Luís o que ela mais queria escutar. A voz de Luís querendo se apaixonar de novo, dentro da cabeça fervilhante de Marina. Foi quando surgiu no recinto uma nova presença, mais concreta dessa vez, como se produzida pelos comandos afoitos de um amador que de repente acerta.

É um homem corpulento, de caninos encavalados, que vem avisar que o barco vai partir. Não se pode ficar ali "enrolando", o segurança diz, em primeiro lugar ninguém devia entrar pelos fundos, continua ele, e se debruça sobre os botes salva-vidas que estão presos ao casco. Arrancada do nevoeiro grosso de sua fantasia, Marina se assusta, se recompõe, pergunta sobre o passeio. Ele não responde. "A lotação mínima é de vinte adultos pagantes", ele fala, agora já tinham todos de que precisavam.

Pela abertura que descortina o miolo do deck médio, Marina avista um garçom arrumando as mesas. Chega mais perto e grita, para que o segurança escute:

— Senhor! Moço! Você pode me dizer como é o passeio?

O passeio, o garçom diz, não leva a lugar nenhum, como calha acontecer com o turismo. O barco sai do porto, visita umas ilhas, se embriaga das luzes da cidade e volta quatro horas depois. Ela agradece alto e encara o segurança.

Ele diz, senhora, por favor, e caminha em sua direção para constrangê-la a sair. Marina está indignada, o homem a pega pelo braço, ela repuxa e sai andando, bufando, com o homem na sua cola até a escadinha.

Marina alcança a areia e lá fica, sem se voltar para trás, os pés esfriando, até pressentir o barco se mexer em silêncio feito uma canoa gigante que cortasse a água. Força o ouvido e crê escutar a ladainha de abertura do jogo ao longe, sumindo, suave.

Ela podia, e muitas não podem, entender um homem que amasse e depois deixasse de amar. Daqui uns anos, decerto, poderá também entender um homem que vai embora sem se despedir, outro homem que empurra mulheres de navios, a gratuita grosseria. Uma mulher que chama de lua de mel apenas o reencontro mais esperado do seu ano, ignorando a diferença entre compromisso e compromisso, falando de uma união definitiva para sua família e suas amigas, enquanto o amado a encontra sempre só, acha os presentes e as datas comemorativas uma invenção do capitalismo, e não vê diferença entre a obsessão apaixonada e os velhinhos que sentam juntos na praça suja. Uma mulher que inventa um homem e tudo que ele sente e ainda não entende por que ele não está interessado em tão generosa companhia. Até essa mulher ela aceitaria, quem sabe. Mas o que prende os pés de Marina naquela areia dura é o que ela não pode entender. Se ela entendesse tudo, o que restaria? Que amor, que vínculos seriam esses, privados da obscuridade que os ilumina?

Na falta dessa resposta, Marina queria só um homem que falasse. Era pedir demais? Marina se lembrou do segurança apertando seu braço e uma lágrima magra se formou, inchou, mas não escorreu, ficou pairando na borda do olho, subdesenvolvida.

CONVOLUÇÕES

Bijuzinha

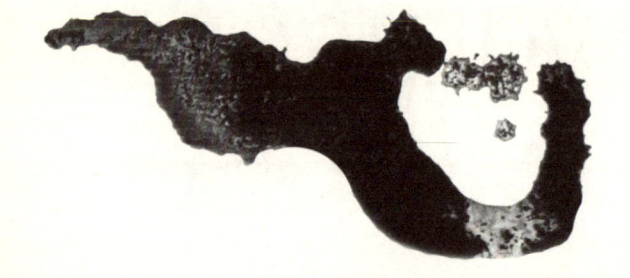

Pegavam no pé da mãe, falando que ela era boa demais, mas a mãe era sabida, virava a conversa de bruços:

— Só dá quem tem, Sinhá! Então, eu dou e dou pra não ter falta — ela gritava esse cala-a-boca, comigo pendurado num peito e a Tonita no outro. Filho de Bijuzinha nunca pediu e não teve, que a mãe era mesmo boa demais. E lá ia eu, grande que nem precisava de colo, mamando de pé, montado na perna e grudado no peito que minha irmã não podia chupar com uma boca só.

Tinha sempre sido assim. Os irmãos da mãe eram grandes e de condição, mas eram homens. Daí, ela fazia e levava na roça o quebra-torto, remendava roupas, tirava o leite. Cresceu, mas continuou igual. A ponto de o meu pai sentar, na cozinha, com o cachorrinho Fuzuê lhe rodeando as chinelas e avisar:

— Café, açúcar, copo e uma colher.

Ela atrasava o tacho com o quente da goiaba e só voltava no fogo depois de atender ao pedido dele.

Só que, além de calejada na gente, a mãe era entendida na cura e no aliviamento. Dona Sinhá tem dor nas juntas, Linalda no espinhaço. Seu Gumercindo, no filho, que não obedecia pai nem mãe e dava de sumir nos brejos de Miranda. Como tudo a mãe acalmava, quem não tinha remédio era ela: vivia pros outros.

O caso é que eu achava que o desmedido da caridade dela estava mal. Ela também não ficava cansada? No meio da noite, levantava pra atender indivíduo ébrio, mal-agradecido e folgado. Por isso, quando Jinjim me pediu pra correr e avisar a mãe, nem fui.

Daí, não sei se hoje lhe conto este perdão porque queria me arrepender com Jinjim ou me desculpar com a mãe. Ou se é pra me escusar frente aos outros, porque prometi ter certeza e no fato eu não sabia nada. Jinjim expirou e não inspirou de novo, que é essa a exatidão da morte, e eu aprendi que minha justiça valia menos que a fartura da mãe.

Aconteceu assim.

Jinjim tinha uma filha, que chamavam Mazé Bugre por andar metida com os homens de Puerto Quijarro. Eu não falava com ela porque já eram três os bugrinhos que ela se esquecia de buscar em casa.

— Bijuzinha, a senhora olha os bichinho enquanto eu vou na missa?

A mãe abraçava um na mão, um no braço, outro na perna. Eu já tinha virado a fuça pra Mazé fazia hora. Pra engrossar meu desagrado, ainda contava o tempo depois que o padre abençoava e as pessoas davam meia-volta fazendo o sinal da cruz. Quase que desejando que Mazé Bugre não viesse logo pra ficar bem empapuçado de desgosto.

Qual não foi minha admiração quando o Jinjim morreu e Mazé, seguida pelos trastezinhos, deu de chorar em mim. Eu, que não esperava isso, fiquei pedra, os ombros colados no pescoço. Mas o quente da boca dela molhou minha camisa, a garrinha de tamanduá apertando as minhas costas... Amoleci de jeito. Ela nem me abraçava mais, eu que abraçava ela. Apertei, soprei o focinho, sacudi nos braços pra ver se punha fim naquele pranto. Até falei:

— Maria José, a senhora saiba, a parte mais importante da vida é a morte, porque é o que acontece no final.

Ela se riu do meu sem-jeito e eu ri de volta, pra gente ficar rindo mais tempo. Perguntei se Mazé não queria ir à romaria de São João. O pai dela não tinha volta, e quando o mal está feito, o bom é distrair em Deus.

— E se a senhora não tiver com quem deixar os meninos...
— eu me ofereci.

Pronto! Tinha feito igual à mãe.

Planejara ir à tal romaria, mas vendo a mulher ali tão precisada, tão desarvorada, tão sem sorriso, ofereci a bondade que não tinha, para começar a ter.

Depois do velório, soube que o recado de Jinjim tinha chegado à mãe apesar do meu descaso. Graças a Nhá Gancia, Bijuzinha chegou a falar com ele, enquanto ele ainda falava. No quarto, já não podia entrar luz porque doía na vista, não podia abrir a janela porque dava a friagem, mas, do fundo do escuro, Jinjim queria se desculpar.

— Sonhei que desobedeci teu mando, minha filha — teria desafinado Jinjim, que morria por apodrecimento de pulmão. Como a comadre Bijuzinha sempre lhe dava bons conselhos, se enfiara no sonho pra mandar apagar o trem.

— Desculpa, Bijuzinha, foi só dormindo que eu fumei.

Bijuzinha explicara que já estava tudo resolvido, tudo perdoado, Jinjim não tinha mais dívida com ninguém nem alguém. Tinha sido um homem bom. Não precisava ter medo.

Não tive coragem de perguntar pra mãe se era verdade, mas disseram que depois ela tirou um cigarro da bolsa, trancou a porta do intrometimento dos intrometidos e ele morreu, com a mão na sua mão.

Os desaparecidos de Zhelaniea

Nos fundos do departamento de polícia de Zhelaniea, há um arquivo de aço, todo ocupado por fichas de desaparecidos. Homens e mulheres que saíram para dar um passeio e nunca voltaram, deixando um bombom pela metade no braço do sofá, enrolado em alumínio. Os parentes chegam à seção inchados, com os olhos cansados de lamentar. Sentam-se na cadeira por automatismo e escutam as palavras que vêm do fundo do diafragma, pulmão, dentes, língua, nariz, lábios, ar.

— O meu pai foi visto, pela última vez, pelo porteiro do escritório, faz três dias. Ele ainda acenou por trás do vidro do carro.

Os especialistas em perdidos sabem que crimes e acidentes são como a infelicidade prolongada, deixam marcas. Sugerem a pesquisa nos hospitais e nas delegacias, mas, às vezes, não há nada. A incapacidade das famílias de aceitá-lo, porém, já deu resultados originais. Era uma família numerosa, que encontrou o homem do aceno após quatro anos de investigação. Chamavam-lhe Yazgim.

Yazgim não tinha sido vítima de violência. Estava em Alianezeh, do outro lado do oceano. Trocara de apelido, mas dirigia uma transportadora, o que não era muito diferente de seu trabalho anterior na fábrica de azulejos. E tinha casado de novo com uma morena orgulhosa, sempre a dois passos de fazer justiça com as próprias mãos. Quando a esposa de Zhelaniea fez um escândalo, a de Alianezeh compreendeu perfeitamente.

A mulher de Zhelaniea tinha saído do hotel, pegado um táxi e aguardado em frente ao prédio de Yazgim. Seguira-o até o centro, descera do carro com um megafone e perseguira-o até a entrada do escritório, permanecendo do lado de fora, debaixo da marquise, a gritar coisas como:

"ESTE HOMEM DE CHAPÉU AZUL É UM MENTIROSO. ELE CHEGOU AQUI COMO SE NÃO TIVESSE UM PASSADO, CASOU COM UMA MULHER E FEZ UM FILHO, MAS ELE JÁ TINHA FAMÍLIA EM OUTRA CIDADE".

"O DIRETOR DA TRANSPORTADORA VELOZ É UM PSICOPATA. FOI CASADO COMIGO DURANTE VINTE ANOS E FUGIU. SUA MÃE TEM OITENTA ANOS E NÃO CONSEGUE NEM TOMAR SOPA, ACHANDO QUE O FILHO FOI MORTO EM UM ASSALTO".

Um vizinho chamou a polícia. A mulher devolveu o megafone chorando. O homem compreendeu a dimensão do que havia feito.

Yazgim comoveu sua chocada esposa de Alianezeh falando-lhe do seu equívoco, e convenceu-a de que o melhor era ele voltar para a primeira família. O menino, de um ano, vivia ainda a amnésia do presente. Não sofreria tanto quanto os seus filhos de idade infeliz, de sete, doze e dezoito. À mulher antiga, disse: que nunca quis deixá-la, que precisava ser livre, que como ela podia ver não tinha conseguido muito, que tinha sido irresponsável, que aprendeu que não dá para ser feliz mutilando a memória.

— E você tinha desejo de algo que não podia fazer. Ou não tinha desejo do que podia fazer?

— Eu não sei.
Ele sabe que tinha tentado outras coisas antes de ir. Derrubara paredes (mudou a sede da fábrica), árvores (reformou a casa), tecido adiposo (patrocinou a plástica da esposa), mas não podia ludibriar a mesmice dos dias. Na modorra de um domingo, separou revistas para recortar. Escolheu rostos de atrizes, congressistas, até de um guepardo, que começou a colar com fita adesiva em cima da imagem que lhe respondia o espelho pela manhã. O que Giulietta Masina faria, quando, ao sair por essa porta, ouvisse o filho do meio fazendo manha para cortar as unhas? Que emoção Milarepa, o iogue tibetano, teria ao encontrar Meacyr, o contínuo manco, mais uma vez segurando o mostruário de azulejos com os dedos sujos de bolo doce?

Yazgim sorria, talvez de nervoso.

Por quantos anos assistiria, como lobos à lua, ao crepúsculo repetido da mesma pergunta: Quem eu sou?

Aprendera a lição quando viu a mulher de Zhelaniea com o megafone e sentiu a mesma culpa entediada que o invadira mais cedo, ao sair do novo apartamento, no instante em que a nova esposa reclamou, fazendo charme, que Yazgim nunca mais a chamara de "a minha bonequinha". Novo apartamento, nova esposa, velha culpa entediada. Mesmo longe, em um lugar diferente, Yazgim tinha repetido o mesmo padrão de existência. Ele precisava mudar por dentro.

De fato, voltando para Zhelaniea, Yazgim conseguiu evitar várias emoções viciadas e manias antigas. Não era mais colérico, não tinha medo de ficar sem dinheiro, não implicava com o corpo mole dos subordinados, evitava exagerar no sal. Comportava-se agora de forma diferente e considerou isso uma grande vitória, a ser comemorada em comunidade com damascos translúcidos, churrasco de ovelha, queijos malcheirosos, taças de vinho para esvaziar os dramas de todos.

Seus colegas, amigos e parentes, porém, não conseguiam aceitar essa transformação e o colocavam de volta no lugar anterior. Faziam piadas sobre o antigo gênio de Yazgim e serviam-lhe bacalhau sem dessalgar. Nem se esqueciam de sua fuga frustrada. Até hoje a esposa falava, com orgulho:

— E ele estava casado com uma mulher igualzinha a mim.

Yazgim compreendeu que para se transformar e continuar vivendo em família, todos teriam de se transformar. Mas como ela era unida e numerosa, e a vida, longa, ele mais uma vez foi embora.

Desta vez, tentou se explicar o melhor que pôde para o máximo de pessoas. Deixou uma pensão para os filhos. Redigiu uma carta para ser lida com desconcerto no aniversário da menina, de duração de doze laudas. Como tinha mudado, quase não lamentou a incompreensão geral, até que reagissem muito mal, falassem que ele era ingrato e incapaz de aguentar o peso do amor. Yazgim avisou que talvez não voltasse a procurá-los. Seria melhor, para todos, esquecerem-no. Que recortassem as memórias com tesourinha de plástico. Doassem os discos assinados na capa, incendiassem as fotografias em que um menino de touca listrada brinca de cavalinho sobre os ombros do pai, na piscina.

Mas como ele não deu notícias e ninguém o vira no dia do sumiço, levantaram-se outras possibilidades. Andavam muito incomodados com Yazgim. Seu nome voltou à lista de desaparecidos de Zhelaniea.

Muitos anos depois, a filha do meio voltou de uma viagem dizendo que havia achado o pai. Ela era agente de turismo e tinha fotografado o Monte Meru e a Torre Eiffel, conhecido dromedários, búlgaros, pigmeus, índios Krenak e islandeses, barganhado até a exaustão um bracelete de esmeraldas no Grande Bazar de Istambul. Encontrou o pai, no entanto, a mil quilômetros da cidade natal.

Ela só não lhe fugiu porque, do outro lado da rua, depois de acenar e piscar, quando ela já apertava o passo em direção ao hotel, o homem gritou:

— Nádila! Nadilena!

Ela tentou se lembrar daquele rosto, que conferia os carros da direita, depois da esquerda. Do corpo que atravessava a rua em sua direção.

A distância entre os dois, então, poderia ser vencida em dois passos. Ele levantou a camisa de linho e mostrou uma conhecida e improvável cicatriz. Vermelha, no peito, esculpida em fiordes como o mapa da Noruega.

Nádila tinha deixado tanto de ser filha desse pai que seu esquecimento se tornara perfeito: sua história, para si mesma, era como se um acontecimento de outra mulher. A ausência tinha sido tão marcante certa época... Agora era como um número de telefone antigo.

Solto, o tecido da blusa baixou sobre o peito dele.

Nádila subiu o antebraço e o manteve no ar, num silencioso aceno de despedida que aguardou o homem baixar os olhos, virar-se para trás, voltar de onde viera.

A filha ainda trocava de dentes quando o pai saíra de casa, mas ele a reconhecera na rua com os mesmos olhos, o mesmo time estampado na blusa, o mesmo trançado frouxo nos cabelos cor de trigo. Lembrava a avó.

Nádila pensou em perguntar qual fotografia ele tinha escolhido para refletir o rosto na manhã em que partira, a manhã em que se livrara dela, mas sentiu que o excesso de respostas combinava mais.

No caminho, Yazgim se voltou para desejar boa sorte a todos e seu nome foi retirado, pela última vez, da lista de desaparecidos de Zhelaniea.

Evoluções

Era para ser só um acidente envolvendo um dedão e o portal de madeira, mas foi o bastante para que seu colega de apartamento se transformasse no Grosso Que Não Passa da Porta e ela em Nicolau, o Copérnico, saindo de casa com aquela cara de aeroporto. Talvez a Terra não girasse em torno do Sol? Durante a semana, Nicolau precisava correr para chegar à clínica de Allenstein, onde acompanhava atendimentos como parte dos estudos em psicologia. Mastigava no almoço umas páginas de teorias comportamentais, de sobremesa preenchia fichas de pacientes, para fazer a digestão assistia a aulas de anatomia, fisiologia, ética profissional, até dar o horário de renovar o desodorante no banheiro coletivo e chegar, com dez minutos de antecedência, ao curso noturno de física. Era essa a outra graduação que ela tinha escolhido, crente de que poderia dar conta de entender a alma do homem e a materialidade do mundo, apesar de estar no segundo ano de decepção dos dois cursos. Nessa agenda sem brechas que caracterizava seus vinte e poucos anos, não só as discussões domésticas, mas até as melhores intuições tinham que ficar em segundo plano, sempre para depois.

No percurso entre a casa e o estágio, já despontava na mente da jovem estudante um sem-número de conjeturas, mergulhadas entre necessidades tais como ocupar um lugar no espaço sem ser atropelada, atravessar na faixa com uma velocidade de meia rua por segundo, a tempo de fazer o ônibus embalado desacelerar ante o eficiente artifício cinético de seu braço levantado, abanando no ar.

Na condução, acomodada entre uma criança e um cego, Nicolau coloca os cadernos e os livros firmes entre as pernas, para não ter interrupções ao retomar sua mais importante pesquisa em andamento, desenvolvida para além dos muros da universidade. Ela já tinha estudado um pouco de astronomia e matemática, apesar de ser mulher num mundo moderno, mas o seu objeto de estudo desta vez não tinha massa, extensão, localização espacial, impenetrabilidade e outras características mensuráveis por telescópios e microscópios. Por isso, numa mistura de insight e ausência de alternativas, ela se virava em reunir seu equipamento improvisado, em qualquer hora e lugarzinho cheio, mal ventilado e chacoalhando: com um comando de voz interna, acionava os seus olhos de ver e observava os fenômenos de sua mente antes de serem chamados sonhos, imagens, memórias ou pensamentos, numa adivinhação tão acertada que homens do futuro a chamariam visionária sonâmbula.

O tempo é uma entidade sem início nem fim e ainda assim vinte minutos era pouco, e logo a placa anunciando a clínica de Allenstein surgiu pela janela, na frente de Nicolau. Ela desceu e deixou sua pesquisa científica mais uma vez interrompida. Mas como é costume das forças gravitacionais serem implacáveis, e das emoções reprimidas crescerem no escuro e rebentar, toda reclamação tinha sua hora de vir à tona. Ia pegá-la de jeito, despercebida, na volta para casa, no meio de um cruzamento, na altura do joelho, de tal maneira que não poderia mais andar para lá ou para cá sem concluir: podem as estrelas realmente se mover, todos os dias? Podem as estrelas, em um só dia, cruzar o firmamento e voltar para o mesmo lugar?

Mal abriu a porta do apartamento, viu as garrafas e os sacos amontoados ao lado do botijão de gás. O Grosso Que Não Passa da Porta não tinha colocado o lixo para fora mais uma vez.

— Quinta-feira é seu dia — Nicolau murmurou para si, enquanto abria a geladeira para tomar um leite, cansada da maratona da semana. A tabela de deveres diários dos dois moradores balançou no ar e voltou a repousar no ímã.

Nicolau Copérnico aconchegou-se ao sofá, a xícara nas mãos, os pés já sem sapatos no estofado. A sala parecia bagunçada, mas ela sabia muito bem que as coisas não giravam ao redor dela, ela que girava ao redor das coisas, e a única ordem possível só seria compreendida na imobilidade. Sem se mexer, mal respirando, ela esperou, e veio: em torno de sua cabeça, gravitavam algoritmos, doentes, mendicantes, o cérebro em chamas dos pacientes na ala dos portadores de distúrbios neurológicos. Um canto alienado se misturava com a voz do seu colega de apartamento, que a desafiava a saber com quantos paus se faz uma canoa, se o ovo é primeiro ou a galinha e qual é o som de uma só mão durante a palma. As pernas de Nicolau também estavam ali, voando, em meia-calça de média compressão e viradas de ponta-cabeça, embaixo as coxas e em cima os pés já brancos e sem sangue, pernas domadas sob o chicote de mulheres mais velhas, experientes na má-circulação congênita, que também giravam em torno da sua cabeça gritando que, para varizes, pôr para cima só alivia, mas não cura. O mendigo na esquina do supermercado Imago Mundi chamou: Ei, menina! Vem cá!

Nicolau suspirou. Não poderia descobrir nada com um dia assim, com tantos resíduos. E seu colega de apartamento também era um grande entrave na rota dos planetas, com seus farelos de pão sobre a toalha, os restos de barba em cima da pia no banheiro. O gato que criavam juntos, ninguém sabia se estava vivo ou morto, nunca mais o tinham visto. Nicolau pensou se haveria um método mais eficiente de ser feliz, mas uma chave girou o trinco na rota das suas reflexões. Grosso que Não Passa da Porta, fora de casa o Homem Mais Simpático do Planeta, estava de volta.

Ele foi direto para cozinha, e Nicolau ouviu o barulho da torneira, a porta do armário que guarda os copos, a garrafa em cima da bancada, escutou os goles compridos de água descendo a garganta dele.

— Ah! Perdão. Não sabia que você estava aí.

Ele se desculpou por ter acendido a luz e perguntou se Nicolau preferia continuar no escuro. Ela disse que não precisava apagar. Ele ligou a televisão, mudou de canal ainda agachado em frente ao aparelho, desligou. As intuições históricas estavam sempre no ar:

— Será que não é melhor um de nós sair do apartamento?

Nicolau baixou os olhos para a xícara.

— Acho que sim — ela disse.

Ele se sentou no chão mesmo, na frente dela.

— Você já tinha pensado nisso? — ele falou.

— Já. Mas eu não queria.

— Nem eu.

— Você é meu amigo desde a quinta-série.

Ele sentiu um aperto na garganta. Também não queria mudar. Desde a estratégia de uma professora de colocar o aluno mais cdf para sentar no fundo ao lado da estudante bagunceira, eles mantiveram a vizinhança dos cadernos e dos tênis até o cursinho pré-vestibular — cujo bom aproveitamento, na lista de aprovados da universidade pública, foi comemorado ao mesmo tempo: ela procurou o nome dele, ele procurou o nome dela.

— Eu também gosto de você — ele falou.
— Está sendo difícil — ela disse.
Nicolau colocou a xícara no chão e entregou uma das almofadas para ele sentar em cima. A asa da porcelana tinha amanhecido quebrada e, para completar, às sete e trinta e dois, ele tinha enfiado o pé sem querer no marco da porta do quarto. Em minutos de discussão eles estavam se acusando de descuidado, sexista, autoritária, desonesto, Idade das Trevas, Camille Paglia.
— Não aguento mais brigar — ela disse. — Mesmo quando eu não te falo, sabe, eu perco muito tempo pensando nas coisas que você não faz dentro de casa.
Ele ergueu a sobrancelha e sorriu. Nicolau pensava demais. Era assim quando eles tinham treze anos e invadiam construções abandonadas no bairro, deitavam no telhado de barriga para cima, Nicolau falando e ele a mandando parar, pelo menos um pouco, para olhar o céu, poxa.
— Você acha que a gente vai continuar amigo depois de morar separado? Eu não tenho tempo nem para ver meus parentes — Nicolau enfiou a cara no sofá e falou, abafada:
— A gente nunca mais vai se ver.
Ele se levantou e jogou a almofada em cima dela.
— Que drama! A gente vai se ver quando quiser — ele disse, indo para o quarto, sem compreender que expressões simbólicas são mais perfeitas para descrever certas realidades, e o exagerado "nunca mais" anunciava melhor o afastamento dos dois do que qualquer outra frase.
— Esse mundo é uma merda — disse a voz embaixo do estofado.
— Isso é — ele falou no corredor.
Um gigante cansado de segurar a Terra sobre os ombros pousou-a de leve no ar, para que se entregasse ao seu envolvente e inevitável papel na revolução das órbitas celestes.

Jabuticabas pretas e más

O homem, ele morreu, da colisão do aço com o aço em alta velocidade. Com o tempo, não muito, e mais conhecimento de causa, Jamila não falava mais sobre esse assunto. Só ouvia. Na sacada da casa de Cristiane, atirada na rede de algodão cru com a franja esburacada, ela estendia o olhar ao teto e via, entre as linhas da infiltração, o desenho de um carro na borda de um precipício. Jamila já ouvira aquilo tantas vezes que achava que tinha estado lá.

Tinha sido assim.

O homem tinha morrido, da colisão do aço com o aço em alta velocidade.

Como ele era muito querido, a comoção pública tinha virado do avesso o sentimento de perdê-lo, mas os amigos estavam tristes demais para reclamar da televisão, de seu costume de cristalizar, em imagens vulgares, o terror informe: a velocidade do carro na estrada, as fotografias de juventude, depoimentos com óculos escuros e voz embargada. A filha adolescente de lápis preto nos olhos, enfrentando os cinegrafistas só com a mão mole, na frente do rosto.

No descampado do Parque das Primaveras, pessoas se abraçaram em silêncio. Ficaram sentadas no carro estacionado, sem descer, ouvindo o vento entrar e sair pelas palmeiras. Mas a amante, prostrada na cama por quase três dias sem alimento ou bebida, ainda ouvia murros na porta, no andar de baixo. Pancadas fortes chacoalhando as grades de ferro, e, depois de um tempo, batidas persistentes de um punho de mulher. Cristiane sabia, embora não a chamassem pelo nome de batismo ou por nenhum outro, que os únicos amigos que tinha eram seus pais, dupla fiel e abominável. Arrombaram o sobrado e prescreveram-lhe um paliativo. Foi assim que ela voltou a falar, a beber e a fumar, e até a dirigir a palavra à filha pequena, tão séria, tão quieta, cada vez mais dos avós do que dela. O avô tirou a neta da escola Waldorf e colocou numa de alta mensalidade; a avó, embora a obrigasse a tomar banho todos os dias, comprou mais afeição com um quarto de princesa. Não podendo fazer melhor, Cris voltou a pensar metáforas para a cor preta. Antes de morrer, o amante era uma celebridade... casada. A amante era poeta.

Ela escreveu sobre os olhos pretos dele, os cabelos pretos, a voz preta e o amor preto dele, sempre sobre ele e para ele, cansando os amigos e envergonhando a si mesma, oferecendo-se para declamar em saraus baratos. Ela dizia: seus olhos, rasgados, escondem jabuticabas suculentas e más. Pois a família dele tinha desembarcado do navio Kasato Maru, do Porto de Kobe ao Porto de Santos, e o preto nele, no cabelo escorrido, orifícios, ameixas, o preto nele iluminava o corpo nacarado e sem pelos de japonês. Era sobre isso que ela falava nos poemas.

Mais de uma vez ela insinuou também que nunca antes ele tinha perdido o controle. Só podia ter bebido para tomar coragem. De gole em gole. Desolado até o caroço. Era uma questão histórica, Jisatsu Ookoku, o haraquiri. Os camicases. E se as pessoas em volta não mudassem de assunto, a continuação irresistível era: "na verdade, ele se suicidou por minha causa".

Os que em segredo achavam bonito, por saberem das fofocas, aconselhavam-na a não se expor assim. Só Jamila, a mais nova amiga, não fazia isso. Não a aconselhava a mudar de atitude ou de confidente. Conheceram-se três anos depois da morte do homem, em uma reunião de pais e mestres de que Cristiane participou para fugir de um encontro arranjado. É inútil tentar unir pessoas desiguais, mesmo que nasçam uma da outra, mas pessoas que gostam das mesmas coisas se encontram, nas fileiras de teatros, fóruns de discussão na internet. *O que é possível fazer com uma escola dessas*, Cris tinha reclamado alto, no escuro do estacionamento, na saída. *"Incendiar em feriado religioso"*, disse a mãe no jipe ao lado. No pé-sujo mais perto, a três quadras da escola e com mesas na calçada, ficaram amigas. Inimigas do atraso e da hipocrisia, críticas dos governos e da cidade, simpáticas ao excesso e à psicanálise, mas logo não se reconheceram iguais no amor. Jamila entregava-se a relações breves, rasas, já que do resto desconfiava. Cristiane destilava, em haikai, um Monte Fuji de luto. Sentimentos altos, antigos, que não podiam ser ignorados e tampouco irromper em lava. Jamila sugeria o alpinismo, convidava Cristiane para boates e jantares, mas o coração da amiga, depois daquele homem lá, estava selado. Destinado a pedir, e às vezes receber, o dom de dormir com ele nos sonhos, acordar com sua presença no quarto.

Com o tempo, não muito, e mais conhecimento de causa, Jamila não falava, só ouvia. Sentia um pouco de dó e também revolta, ouvindo a ladainha daquele ardor impossível. Jamila nem se interessava em procurar as imagens do acidente nos arquivos da polícia a que tinha acesso. Não devia ser possível identificar nada, tão à distância. De perto ou de longe, uma morte é uma morte, como uma rosa é uma rosa. A resposta incrível doía menos do que a ausente.

Quando começou a sonhar com o homem, ela mesma, Jamila, tampouco podia se impressionar. Primeiro pediu por descrições, ele tinha uma voz um pouco rouca? Depois viu fotografias — e eram mesmo aquelas mãos, aquele sorriso. Olhos maduros de jabuticaba, quase para arrebentar no chão. Jamila quis se assustar, mas não podia. Sua crença na incredulidade não deixava. Em vez disso, um café forte, o jornal iniciado pelo caderno policial, começar pelo que é certo: trabalho. Jamila consultava no computador os registros de ocorrências da noite, rabiscava na mente algum comentário sobre novas regulamentações rodoviárias. Não há distrações para quem sabe se distrair, nem medo de dormir que remedinhos não resolvam.

Em uma briga inesperada após um concerto de sapateado na Orla Morena, Jamila finalmente disse que o amor de Cristiane não era real. A amante disse: sua amizade também não. E a amiga, subitamente, amando a amante com todas as forças, entendeu. Respostas incríveis também doem. Jamila, quem era Jamila para dizer alguma coisa assim, com tanta severidade? Se não sabia de sonhos, não sabia do amor, não sabia de traições, não sabia de espíritos, ela não sabia de nada.

A distância entre dois passos

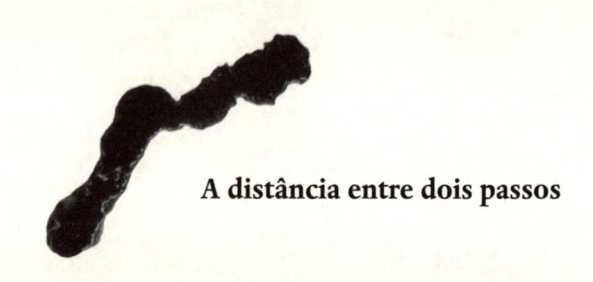

Acordei no meio da noite com muito medo de cair da escada. Demorei para entender, porque não me lembrava de ter sonhado. Foi como a atrasada evidência do filho preferido, entre os retratos expostos em cima do piano desde sempre: o entendimento chegou devagar e a galope, inevitável, intransponível como o sol e as cordilheiras. Assim fui decifrando aquele despertar completo e os dois olhos apavorados.

Era a escada.

Não um pesadelo.

Ninguém tinha chegado tarde e acendido a luz do corredor.

E como as coisas são sem medida e sem perdão, pode até ter sido como o filho preferido percebera, tarde demais, seus inconscientes tributos para a manutenção do irmão enjeitado, seu companheiro de brincadeiras, seu protetor nas brigas de rua, sua cabeça erguida na leitura do testamento. Assim como ele, impassível e perplexo, impassível e perplexa fui decifrando aquele despertar completo, os olhos apavorados, por conta de uma longa escadaria em espiral não muito extraordinária na aparência.

Olhei no relógio do celular e ainda eram três e trinta e nove. Era às oito que o Paulo me buscava. O dia seria difícil, todo dia seria difícil, foi por isso que eu não havia me dado conta? Eu não sei como enumerar essas coisas de todo dia sem parecer estar reclamando do embrutecimento a que leva a lida ordinária, e não é isso. É mais o seu caráter de ocupação que, costurando salame e safira, espera isopor e derrame, esperando empréstimos e solfejo, costura as prestações do produto e as minutas do contrato — e o gesso da casa as dúvidas de locadora o minuano nas cercas a espera na porta se ela vai voltar não combinar anti-inflamatório com álcool se eu contasse para a Lu minhas doenças ela teria uma pior. Mais ou menos por aí, a vida mesma.

Era isso?

O Maurício me encontra de cinco em cinco meses em algum desses botecos em cima do muro de qualquer capital do país e pergunta se estou "produzindo". Eu quero lhe dizer que estou vivendo, mas precisaria de muito tempo para fazer essas palavras deixarem seu impacto de provocação e me calo. Mas é isso, Maurício, eu estava então vivendo e não tinha percebido?

Eu não tinha percebido como a escada era perigosa.

O Paulo vinha me buscar, o dia seria difícil, salames e safiras e o suor do meu rosto, mas eu não podia mais empreender, naquela altura, a velha submissão voluntária. Transformar o incidente da insônia em algo útil, e seguir a leitura da epopeia quando não havia o sono, e esfregar no tanque os panos brancos quando faltasse sossego, ou aproveitar, como se possível aproveitar, a hora da mera falta de brilho para visitar a velha tia. O processo já inconsciente, ao tomar o sorvete, de evitar na escultura da língua sua sedução de penhasco. Não, eu não ia, àquela hora, envolver neste manto grosso de diligência e equação o meu fardo de cadáver. Fiquei deitada.

Alcancei o celular e escrevi: Acordei no meio da noite com muito medo de cair da escada.

Pensei que poderia enviar para a Luiza, que saberia apreciar corretamente, não ligaria de volta, poderia sorrir, saberia que não é engraçado. Mas não queria mandar para ninguém. Era estranho não ser conveniente. O tempo parava. Tantas vezes que estive pronta, disposta a entregar anéis e anulares e todas as velharias em meu corpo acumuladas, a um comando. Agora, era o oposto. Dormia, até, para ser pega ainda mais no repente que reuniu a inexplicável inconsciência anterior sobre os perigos da escada a tudo que seria perdido na queda, tão comprido que nem capaz de ser contado no horizonte do olhar. A corola aberta da minha felicidade inteira, total e não planejada em cada pólen minúsculo que a gestou. Toda ela.

Eu podia pedir para o Paulo me ajudar. Ele ia estar lá mesmo. À guisa de gravatas e explicações. Só envolver o seu pescoço e transferir o peso. Coisa rápida. Não seria fácil explicar e nem precisava. Paulo, já que você está aí, mesmo, podia me levar no colo até o topo da escada?

Há uns anos, o meu recurso curinga (mas não de todo infalível) para explicar o inexplicável às vezes se valia do sonho, para economizar saliva. Até os homens levavam a sério o que se sonhava. O pressentimento não. A carne do sonho contava mais que o mistério do processo intuitivo. Mas não sabem os homens que os objetos também têm limites? Eu, no entanto, não havia sonhado em degrau nenhum e os anos passados tinham preguiça de repetir suas astúcias. Comprimir o universo numa bola, medir a vida em colherinhas de café e perguntar-se se valeu a pena. Além disso, era justo, muito justo que eu pedisse autorização: eu poderia, Paulo, dizer que acordei com muito medo de cair da escada e, sem produzir o suado espetáculo que o permitisse, a nós dois, colocar nas órbitas dos seus olhos o meu belo par apavorado? Sem disposição para suados espetáculos, a minha máxima sorte, nesta ocasião especial, eu e você, era querer, apenas, que você me levasse até o outro lado da escada. Então eu podia simplesmente lhe dizer. Saberia que me acharia moderadamente maluca, mas não desvairada, e como o Paulo também não queria muita coisa de mim em especial, nem teria o desconforto de me cultuar como mistério para iniciados e me encaixar, eu e meu medo de cair da escada, no meio dos problemas, já infinitos e infinitésimos, que ele tinha que resolver. O Paulo e a escada dele.

A questão é que eu tinha medo de cair da escada. Importava menos que ele me entendesse completa do que o problema muito mais grave de ele me derrubar. O Paulo tinha quase dois metros e cento e oito quilos e trinta e nove anos e tirava da reta o copo de cerveja quando achava que o outro estava servindo demais. Não era a primeira pessoa que eu chamaria, na hora da onça beber água.

Experimentei braços, o João, o Clayton e o Felipe, mais por curiosidade de saber como se sairiam frente à escada que por intenção de mobilizá-los, tão distantes da costura natural do meu dia de amanhã. Colei braços mais fortes na manga dos ombros da Suzana, que já tinha me prestado inúmeras provas de seu muscular cuidado, e descobri que o problema de todos era estarem tão distraídos. Nem se por cortesia aceitassem o meu pedido incompreensível, irrelevante até, gastar um pouco de força para carregar escada acima cinquenta quilos suplicantes... Sua alienação brutal os tornava sem serventia. Dormiam. Faziam pensar nos acidentes de trânsito para os quais estamos todos os inocentes culpados, e todos os culpados inocentes. O acidente sem birita, sem barbeiragem, o verdadeiro acidente. Para ele, estávamos todos distraídos, esquecidos de estimativas e projeções; eleitores, na ocupação, de alguma coisa que de repente saiu absolutamente errada.

Então me veio a figura do meu pai. A costura das nossas vidas tinha sido bem costurada. Ele que não precisava de motivos e estava conquistado de antemão no buraco nervoso das órbitas. Não deveria chamá-lo, eu que não vivia minha hora inocente, que estava mais que avisada? Não gostava de perturbá-lo, mas, se não houvesse reunião, não seria o caso mesmo de negociar a loucura da cautela, sua superstição, face à possibilidade mesmo que mínima de danar-me?

Ah, que eu devia ser mesmo muito feliz!

De um tanto que eu nem sabia, de pedir para todo mundo vir me ajudar a segurar no colo, grudada ao peito, as mãos em garras... Feliz de dar dó.

(É a vida, Maurício!)

Se não me perdesse na escada, ia me lembrar da potência nos braços de meu pai. Na iminência de sê-los eu, se houvesse fortuna para tanto, precisaria dessa memória, precisaria lembrar o motivo do alto preço a pagar.

Eu quis sorrir para Luiza. Enfileirados os braços, vigilantes ou distraídos, íamos estar muito sós sempre. Quem é que pode ajudar, na hora de cair da escada? Eu queria dar o sorriso que dissesse que foi bom tê-la amado. Mesmo que por acaso. Safiras e salames e isopor, prego e cambraia. Seria triste o suficiente perdê-la, no vão, junto com todas as outras coisas. Seria triste perder todas as coisas. A corola da minha flor.

Mas a pura passagem do tempo, minando o estado de estar a postos, junto com o ataque cada vez mais próximo da escada com sua catástrofe, com seu eu nunca mais ser feliz, começava a operar seu alívio na minha fronte... ele ia se condensando no canal entre as sobrancelhas e, como se o peso fosse demais, descia, ressoando em volta dos lábios, formando em torno duas valas, abrindo a maxila para o escuro da boca, subitamente descortinada. O som, vinha da contração do plexo solar, e o molhado, parco, vinha de alguma mania antiga. Água, sal mineral, proteína e gordura. Nada mais a perder, no final.

O sol começou a aparecer. Os barulhos do dia. Em uma hora, o Paulo me daria um toque no celular. Logo estaríamos com os vidros baixados para deixar passar o vento, no silêncio que ambos valorizávamos, para fazer bem a ponte entre a noite e a manhã.

Na manhã, a escada voltaria a ser o espaço que liga o térreo e o andar de cima. Espaço pelo qual eu, feliz ou infelizmente, teria que passar para alcançar certos recintos. E no silêncio entre a noite e a manhã, no carro do Paulo, eu pensaria na mensagem não salva no arquivo do celular, nossa única testemunha no futuro — minha e da escada e da noite. Eu não quis escrevê-la porque não caía bem o escrito. No celular, tudo ficava numa única linha, mas mesmo se tivesse um papel gigantesco tudo estaria muito desconfigurado. Eu tentava imaginar a noite escrita no infinito do céu, mas mesmo assim não funcionava. Onde acabava uma frase e começava outra? Onde os espaços entre cada palavra, quem sabe até entre as letras, o ritmo e o som? A estrofe. Não dava para ser escrito. Talvez o que menos atrapalharia a mensagem seria o som da minha voz, podia ser até satisfatório ela dizendo, que eu acordei no meio da noite com muito medo de cair da escada, e que eu demorei muito tempo para chorar, sem mais a perder finalmente, e depois de uma pausa para poder começar a sorrir eu diria também que eu quis sorrir para você, dizer que, mesmo por acaso, foi muito bom ter te amado. E depois eu só falaria o que interessa, o que eu realmente concluí disso tudo, isso foi depois que amanheceu, então eu falaria que amanhece, e que eu só não vou cair da escada à toa, mais nada. O que mais eu poderia fazer? Eu falaria como eu não me comovo por serem belos os nossos olhos apavorados. E que eu só vou sorrir, eu só vou sorrir porque é de graça. O que mais eu poderia fazer? Amanhece e eu só não vou cair da escada à toa, mais nada.

Agradeço à Lu Tanno, pelo incentivo e o apoio sem o qual sabe-se lá se e quando este livro seria publicado, e à Paula Bueno e à Mariana Razuk, pelas artes do livro — mulheres de que admiro o talento e as vidas, e às quais agradeço muito mais do que este livro.

Ao Reginaldo Pujol, pela leitura da orelha, e ao Cristiano Baldi e à Natália Polesso, pelos ouvidos e pelas trocas, as mensagens no whatsapp e no gtalk. Muito mais que este livro. Como muitos dos contos foram escritos em um período em que eu vivia Escrita Criativa na PUCRS, entre 2010-2013, alguns foram levados aos colegas e amigos, de forma que eu gostaria de agradecer a todas as leituras, trocas de ideias, de agonias, da dádiva e da dúvida de se deixar levar por isso, a escrita. Como esses compadres e essas comadres são muitos, peço licença para agradecer a todos do grupo Leitura e Criação e agregados, com que dividi dois ou três contos que estão aqui e muitos dias e noites: Andréia Pires, Augusto Paim, Caio Yurgel, Camila Doval, Carol Becker, Davi Boaventura, Eduardo Cabeda, Guilherme Bica, Guilherme Castro, Juliana Grünhäuser, Leonardo Wittmann, Natasha Centenaro, Patrícia Silveira, Patrick Holloway, Ricardo Kroeff, Ryan Mainardi. Valeu pela companhia, pelo carinho, por eu ter conhecido vocês. E antes, aos colegas da oficina do Assis em 2010, que leram A invasão, Bijuzinha e A largura da coleira, em especial ao Luís Roberto Amabile e ao Marcos Vinícius Almeida, que leram mais coisas depois. Aos meus professores na PUCRS, pelo convívio e pelos ensinamentos durante o período de escrita dos contos e, no caso específico deste livro, em especial ao Assis Brasil, mestre da oficina de 2010; ao Paulo Ricardo Kralik, pelo grupo de criação e pela amizade; ao Charles Kiefer, pelas leituras de 2013, quando eu soube que iria publicar este livro, e pela inspiração e a coragem.

Ao incentivo do FMIC e à Dublinense, por meio do Rodrigo Rosp.

Ao José, à minha família e aos meus amigos. Estão em tudo que faço.

A quem tiver prazer com este livro. Minha dedicatória de livro preferida eu achei num livro do Salinger, que não conto qual é torcendo para alguém procurar e se perder também ali.

www.moemavilela.com

Nota do editor: O conto *Fotografias* é uma peça de ficção e não representa pessoas de carne e osso, da vida real, apesar de se referir a elementos conhecidos da história brasileira.

Para consultar nosso catálogo completo e obter mais informações sobre os títulos, acesse www.dublinense.com.br.

dublinense

Este livro foi composto em fontes Dante e News Gothic e impresso na gráfica Pallotti, em papel pólen bold 70g, em setembro de 2014.